범우문고 157

조선 위인전

신채호 지음

범우사

차   례

▨ 이 책을 읽는 분에게

우리 나라는 삼국 시대에 상무(尙武) 정신이 왕성하였다. 그러나 고려왕조에 들어서서 불교가 전성기를 이루더니, 신라의 화랑(花郞) 사상은 차츰 쇠퇴하고 문약(文弱)으로 흐르게 되었다.

더구나 조선왕조를 창업한 이래 억불숭유(抑佛崇儒) 정책으로 치달아 문관(文官) 위주의 통치 아래에서 무관은 행세하지 못하였다. 그리하여 임진왜란·병자호란의 치욕을 당하고, 끝내 일본의 무력(武力)에 굴복하여 나라가 망하였다.

필자 단재(丹齋) 신채호(申采浩)는 우리 역대의 왕조(王朝)에서 무예를 천시(賤視)하여 국민이 비굴해졌다고 통탄하였다. 그리하여 우리 역사상의 대표적인 무인(武人)들의 역사를 소개하여 우리 민족의 기상(氣像)과 자주성을 불러 일으키려고 애쓴 것이다.

문맥의 흐름에서 자주 감정적인 표현을 한 것이 바로 그것이다. 역사의 기록은 담담한 문체로 적어야 하는데, 가끔 격정적인 말을 쓴 것은 필자가 일제(日帝)강점기에 살았기 때문이리라.

본문은 지금으로부터 80, 90년 전의 기록이라, 비록 국·한문 혼용체이나 이해하기 어려운 한자어(漢字語) 투성이므로 쉽게 풀어 쓴 것이다.

阿里薺　催德煥

을지문덕전

을지문덕전(乙支文德傳)

서론

슬프다, 우리 한(韓)나라 수백년 이래 대외의 역사여. 동방(일본)의 한 떠돌이 도적떼가 들어와도 온 나라 백성이 어찌할 겨를 없이 허둥거리고, 서쪽 이웃(중국)의 한 마디 꾸지람만 들어도 온 조정이 당황하여 질정이 없어 구차스런 삶에 치욕이 더해지니, 우리 민족의 열등하고 약함은 과연 천성이라 고칠 수 없는가. 무애생(無涯生 : 신채호의 아호의 하나)이 말하기를 '아니다, 그렇지 않다'고 하였다.

내가 고구려의 대신 을지문덕의 역사를 읽다가 기가 펄펄 나며 마음이 들떠서 곧 하늘을 우러르며 크게 외치기를 '그렇지, 그렇지. 우리 민족의 성질이 이러하다' 하였다. 이처럼 위대한 인물과 공업(功業)은 고금에도 견줄 만한 것이 없으니, 우리 민족성의 강하고 용맹스러움이 이와 같았다. 옛날에는 강함이 이러하고 용맹스러움이 이와 같더니 북방 건아의 훌륭한 용모와 풍채야, 옛날에는 용예(勇銳)했는데 지금은 왜 우둔해졌는가. 아, 용의 종자가 미꾸라지로 변하고 호랑이가 개로 태어나서 신성한 후예가 지옥에 일제히 떨어졌으니 이것이 과연 어떤 마귀의 장난이며 무슨 액(厄)의 지음인가.

무애생이 말하기를 '아, 아깝도다. 몇 백년 동안을 완고한 유생들의 손으로 부질없이 쓰기를 무공(武功)이 문치보다 못하다 하며 몇 십 조정의 용렬한 신하들이 함부로 말하기를 인자(仁者)는 작은 것으로써 큰 것을 섬겨야 한다며, 정책은 시들고 움츠리어 물러남을 주로 하고 백성의 기질을 꺾어 눌러 복종함을 힘썼다. 지난 일은 의지가 굳세어 굽히지 않은 것을 숨기며 옛 사람으로는 완고한 유생을 높이어 일반적으로 수치스럽고 가소로운 일이나 지리멸렬한 말로 우리 나라 4천년의 신성한 역사를 더럽히고 위대한 영웅은 묻히도록 내버려 두었다. 그러므로 혹 영웅끼리 서로 다툰 인물도 시골 어린이들의 이야기 거리로 한 토막 겨우 전하며, 혹 귀신이 곡할 공업(功業)이 있어도 나무꾼 노래의 한 곡으로만 우연히 전파하고, 전하여 내려오는 사적은 여기저기 떨어져 있어 많지 않으니 그러한즉 또 그 밖에 성명마저 빠져 없어진 위대한 인물이 얼마인지 모른다' 하였다.

다행이로다, 을지문덕이여. 아직도 몇 줄의 역사가

세상에 널리 퍼져 전하고 있도다. 불행이로다, 을지
문덕이여. 겨우 몇 행의 역사만 유전(流傳)하였도다.
대저 역사의 전하고 안 전함이 그 사람에게야 무슨
손익이 있으리오마는 다만 한 나라의 강토는 그 나라
의 영웅이 몸을 바쳐 장엄케 한 것이며, 한 나라의
민족은 그 나라의 영웅이 피를 흘려 보호한 것이다.
정신은 산과 같이 꼿꼿하고 은택은 바다처럼 넓거늘,
그 나라의 영웅을 그 나라의 민족이 모르면 그 나라
가 나라 됨을 어찌 이루겠는가. 그러므로 대가의 사
필(史筆)로 영웅의 진면목을 써서 전하며 재주꾼의
사부(詞賦)로 영웅의 큰 공덕을 찬미한다. 향로에 향
을 피우고 단의 북을 울려 영웅의 내려옴을 기도하며
금궁(金宮)과 옥당으로 영웅의 찾아오심을 미리 기다
린다. 영웅이 없거든 마음속으로 '영웅 영웅' 하며 영
웅이 있거든 눈으로 '영웅 영웅' 하여야 영웅이 나타
나거늘, 우리 나라는 영웅을 숭배하는 근성이 어찌
이렇게 박약한지.

고금에 둘도 없는 진정한 영웅은 잔인하고 지독한
사필 아래에 허둥지둥 묻어버리고 그 중에 혹 영웅으
로 신앙하는 이는 사슴을 가리켜 말이라 함과 다름이
없어 집안 싸움하는 악습으로 상호 티격태격하는 자
도 영웅이라 하였다. 낙천주의로 외적에게 아첨하는
자도 영웅이라 하며, 심지어 적국의 앞잡이로 조국을
배반한 자(설인귀 따위)도 영웅이라 하여 사람들이

입으로 전함과 역사와 유적이 이런 유의 사람들에게 항상 많으니 내가 '영웅' 두 자를 위하여 한번 곡함이 옳겠다.

원(元)의 장수 범문호(范文虎)가 일본을 침범할 때 풍랑에 배가 뒤집혀 상륙자가 3만에 불과했으니 일본이 승리를 획득함이 무엇이 기이하랴마는 그들은 수백년 이래로 역사에 칭송하며 소설로 전하여 노래하고 찬탄하며 영원히 잊지 않는다. 그런데 우리 나라는 한 손으로 독립 산하를 정돈하며 한 검으로 백만 강적을 물리친 참영웅의 대전적(大戰跡)도 이렇게 말살하였으니 뒷날 양국 강약의 다른 점이 어찌 이에 있지 않으리오. 과거의 영웅을 모방하여 미래의 영웅을 초대한다.

제1장 을지문덕 이전의 한한(韓漢) 관계

우리 성조(聖祖) 단군이 중국의 요(堯) 임금과 같은 때에 건국한 이래로 우리 나라와 중국 양 민족이 요하(遼河)의 동서에 대치하였다. 우리가 강하면 그들이 침략에 곤란을 겪고 그들이 강하면 우리가 압박을 받아서 두 나라가 함께 굳세지 못하는 경우에 늘 처해서 서로 침략함이 그칠 때가 없었다. 고구려·신라 이전의 역사를 보면 당시 북경·요동·요서 등지는 피비린내 나는 세계를 이룬 지 천여 년이었으니 경쟁의 치열함을 상상할 만하였다. 그러나 그들은 춘추·

전국 시대로부터 대륙의 형세가 점점 통일되어 갔는데, 우리는 마한의 말엽과 삼국이 처음 일어난 때까지 아직도 추장 정치의 시대였다. 그리하여 우리 나라 한 지역이 무수한 작은 나라로 분립하여 피차 우열을 다투고 무기를 서로 사용했으니 어느 겨를에 외국과 경쟁할 여력이 있었겠는가. 그러므로 영정(嬴政：진시황)·유철(劉徹：한 무제)이 그 무력을 들날려 진(秦)의 장수 몽염(蒙恬)의 군사의 세력이 만리장성 밖까지 멀리 뻗치며, 양복(楊僕)의 배가 위만(衛滿)의 도성을 함락하였다.

삼국 중엽에 이르러 각 대소 마을이 차츰 서로 어울려 대세가 통일로 나아가매 가락·부여·옥저·예맥 등의 나라가 모두 삼국에 통합되고, 기타 삼한에 분립한 수백의 작은 나라들도 모두 삼국의 군·현이 되었다. 이제야 우리 민족의 실력이 팽창·원만한 지경에 점점 이르렀으므로 신라의 병력이 해외에 멀리 신장하여 일본을 세 번 정복하고, 백제가 말갈을 여러 번 쳐부수어 국토를 개척하고, 고구려가 4군을 수복하여 지난 날의 치욕을 통쾌히 씻었으며, 요양(遼陽) 일대의 땅을 덮쳐 가져 판도를 확대하였다. 각각 천리가 안 되는 지방과 수백만의 인구에 불과하였으나, 수륙으로 강적을 대항하였는데 승(勝)은 많고 패는 적었다.

비록 그러하나 신라의 적은 일본이며 백제의 적은

말갈이니 그들은 모두 해외의 먼 나라이고 당시 작은 적이라 서로 침범하는 상황이 폭풍과 소나기처럼 갑자기 왔다가 홀연히 갔을 뿐이었다. 그리하여 굉장히 치열한 큰 전쟁이 드물어 사가의 필을 고무할 여지가 적었다. 그러나 저 고구려에 대항한 적은 강대한 중국이고 또 그 땅이 인접하여 비방하는 말이 아침에 나면 전쟁이 저녁에 일어나서 가끔 예측할 수 없는 화가 눈앞에 닥쳤다. 그러므로 정객이 머리를 쓰며 군대가 피를 흘려 강국을 방어하는 방법에 힘썼으니 대개 시조 동명왕 이래로 영양왕(嬰陽王) 때에 이르매 그 동안에 우리 군대가 중국 경계를 침입함이 수십 차례이고 중국 군사가 우리 국경에 침범함이 십수 차례였다. 영양왕 즉위 때는 우리 단군 기원 2천 7백 20년경이니 이때에 우리와 중국 양 민족의 악감이 더욱더 나빠져서 피차 양립할 수 없는 형세가 더욱 뚜렷하였는데, 을지문덕은 참으로 이 시대에 태어난 인물이었다.

제2장 을지문덕 시대의 고구려와 수(隋)의 형세

하늘이 우리 민족의 능력을 시험하려 하심인지 당시 외적의 세력을 치우치게 주어 중국의 강남〔진(陳)〕·강북〔주(周)〕의 양 조정을 보륙여 씨(普六茹氏 : 수 임금의 본성) 부자의 수중으로 한데 섞어 하나로 하였다. 그 땅의 넓이와 군대의 많음이 중국의 유사 이래로 제일이고, 게다가 백성이 많고 국고가 가 득하였다. 그리하여 강하고 사납기로 유명한 흉노· 돌궐의 남은 종족이 머리를 조아려 입조하고 서신(書信)과 기맥이 불통하던 고창실위(高昌室韋)의 먼 나라 사람도 접근하려고 정성을 다하니 수(隋) 황제의 기 염이 치열하였다.

이때를 당하여 처음부터 끝까지 굳센 태도를 지니고 독립을 유지하여 중국과 대치한 것은 오직 고구려였다. 수십 백년 동안 형제의 예(禮)로 버티며 우열의 형세를 겨루다가 하루아침에 그들의 커짐을 보고 어찌 달가운 마음으로 굴복하였겠는가.

영양왕 즉위 원년에 그들이 강남 진씨를 멸하고 즉시 국서로 모욕을 가하였다. '요수(遼水)의 넓이가 장강(양자강)과 어찌 같으며 고구려 사람의 많기가 진국(陳國)과 어찌 같으랴. 짐이 만일 귀국의 과거 허물을 책망하자면 한 사람의 장군만 명할 뿐이고 많은 말을 기다리지 않으오' 하였으니 그 교만·무례가 이와 같이 말의 표현에 넘쳤다. 그리하여 고구려의 임금과 신하가 치욕을 깨닫고 화를 경계하여 군량을 저축하고 군사를 양성하여 전쟁 준비를 하였다. 그러나 당시에 임금의 신임을 얻어서 내정을 베풀며 백성을 가르치고 군사를 훈련하여 외국의 엿봄을 막고, 사방의 적들과 대항하여 국가의 빛나는 위엄을 들날린 이가 그 누구인가.

전(傳)에 이르기를, 을지문덕이 고구려의 대신이라 하였다. 대신이라 일컬음은 반드시 그때의 대대로(大對盧 : 총리 대신)와 막리지(莫離支 : 군부 대신), 그렇지 않으면 곧 또 좌보(左輔) · 우보(모두 국무 대신)를 이름이니, 고구려의 주동력이 을지문덕에게 오로지 달려 있었음이 틀림없다.

또 살수(薩水)의 전투는 한 나라 흥망의 기틀이었다. 을지문덕이 싸우려 하면 전 국민이 모두 싸웠으며 을지문덕이 물러가려 하면 온 국민이 다 물러가고, 을지문덕이 속임수로 항복하여도 상하가 그 속임수 항복을 의심하지 않았다. 임금의 신용에 오로지함과 국민의 신뢰가 이와 같이 깊었으니 그야말로 나가면 장수, 들어오면 재상의 자리에 있으면서, 내정을 잘 다스리고 외적을 물리치는 정책을 강화하여 일국의 안정과 위험이 그 한 몸에 매어 있음이 틀림없었다.

그렇거늘 후세 사람이 역사에 남은 몇 줄 글에만 집착하여 을지문덕은 다만 살수의 한 번 전투에 하늘의 천사처럼 한 조각 복음을 와서 전하였다. 그러고는 바람이 이는 채찍으로 번개 같은 말을 쳐서 갑자기 멀리 사라져 그 전에도 을지문덕이 없고 그 후에도 을지문덕이 없었다고 한다. 그러나 역사의 문헌을 서로 참고하여 그때 상황을 자세히 연구하면 단기 2731년 영양왕 서쪽 정벌 이후 살수 전투 이전의 일

18

은 모두 을지문덕에 속함은 의심할 바가 없다. 아,
한 나라가 셋으로 나뉘고 외적은 바야흐로 강성한데
풍운을 흘겨보고 시기(時機)를 이용하여 거대한 외구
를 어린아이같이 다루었으니, 천년 뒤에 그 사람됨을
상상하여도 저도 모르게 베개를 밀치고 벌떡 일어나
리라.

제3장 을지문덕 시대의 열국 상태

애처롭다, 그때 열국의 거동이여. 북제(北齊)가 수
(隋)에 망하고 진씨가 수에 멸한 이후로 수는 최대
최강하고 열국은 모두 작고 약하였다. 수많은 약소국
의 힘을 합하여 그들을 대항하여도 이기지 못할까 오
히려 겁을 내었다. 그렇거늘 이제 합할 수 없을 뿐
아니라 도시 스스로 비굴하며 서로 헐뜯고 다투어 수
의 부용국이 되기만·달갑게 여겼다.

신라와 백제는 입술이 없으면 이가 시리다는 이해
관계를 생각하지 않고, 고구려 침벌하기를 청하는 사
자가 길에 서로 이어졌으며 고구려의 동정을 염탐하
는 간첩이 사방에 쫙 깔려 있었다.

○ 단기 2731년에 백제가 수의 요동 내침함을 듣고 장
사(長史) 왕변나(王辨那)를 보내어 군의 향도가 됨을 청
하다.

○ 단기 2740년에 백제가 좌평(佐平) 왕효린(王孝隣)을

보내어 고구려 정벌을 청하고, 아울러 그 동정을 정탐하
여 수에 알리다.
　○ 단기 2741년에 신라가 승려 원광(圓光)을 보내어 고
구려를 정벌할 군사를 요청하다.
　○ 단기 2744년에 백제와 신라가 사신을 보내어 군사
를 출정할 시기를 청하다.

　슬프다. 형제가 집안 싸움한 유감으로 외구를 청하
여 보복하려 함은 참으로 애처롭기가 막심한 것이다.
또 돌궐 즉 흉노는 본래 사납고 굳센 종족으로 수에
꺾이어 복종하는 일을 마다하지 아니하고, 심지어 고
구려에서 온 사신을 잡아 수의 임금을 만나게 하였
다.

　○ 단기 2740년에 고구려가 돌궐 임금 계민(啓民)에게
사자를 보냈더니, 마침 그때 수의 임금 양광(楊廣)이 그
의 장막 안에 다다랐다. 계민이 감히 숨기지 못하여 잡
아서 수의 임금을 만나게 하다.

　슬프다. 수를 두려워하므로 이웃 나라에서 온 사신
을 감히 잡음은 또 어찌 그렇게도 무례한가. 그런데
그때 대세가 수만 그렇게 강할 뿐더러, 이웃의 각 나
라가 포학한 걸(桀)을 도우듯하지 않음이 없었는데
우리의 절대 위인 을지문덕이 그 사이에 우뚝 서서

국가의 위엄을 떨어뜨리지 않았다. 아, 나폴레옹 시대에 온 유럽이 겁을 내어 복종하는데 그 능히 혼자 힘으로 시종 대항한 것은 영국 한 나라뿐이었다. 수양제(隋煬帝) 시대에 동양이 벌벌 떠는데 그 능히 독력으로 시종 저항한 것은 오직 고구려 일국뿐이었다. 2천년 전의 고구려는 곧 18세기의 영국이었다.

훌륭하다, 고구려여. 4천년 역사에 제일 명예적인 기념비를 세웠으며 위대하다, 을지문덕이여. 억만세 우리 겨레의 절호한 모범을 보이었다.

제4장 을지문덕의 굳센 정신

땅의 넓이가 그에 10배나 미치지 못하며 민중이 그에 백배나 못 미치는 고구려도 그를 대항하려 하니 그 기백은 비록 장하나 그 방법이 매우 위험하여 당시 '하루살이가 큰 나무를 흔든다'는 제삼자의 비평을 면하기 어려웠다. 그렇거늘 을지공이 홀로 굳세어 끄떡없이 자신을 돌보지 않고 적국과 대항했으니 이는 과연 무엇을 믿었던가. 말하자면 오직 독립 정신뿐이었다. 어떤 이는 말하기를 고구려가 이때에 전쟁을 그만두고 평화의 길로 나아가려 했다면 그 방법이 있었을까. 있었다고 말하자면 땅을 떼어 넘겨 주고 고을을 바쳐 적국의 엄청난 욕심에 제공함이 그 하나이고, 비굴한 말과 후한 폐물로 지난 일을 사례함이 그 둘이다.

그 하나에 속하는 계책은 매국 역적이 자기의 부귀만 사랑하고 잠시의 구차스런 편안함만 탐하여 즐기는 자의 소행이니, 을지공 같은 위인에게 말할 바 아니다. 그 둘에 속하는 계책은 한 사람의 병사도 죽이지 않고 한 사람의 백성도 노동하지 아니하며 한 사자만 보내어 무릎을 꿇고 속마음을 호소하면 수 조정의 군신 욕망이 이에 불과하니 반드시 기쁜 얼굴로 미워하며 원망함을 모두 잊고 좋은 동맹을 다시 말하여, 양국 장래에 큰 전쟁의 화가 술자리에서 갑자기 사라지는 것이다. 그렇거늘 을지문덕이 이 길에 나가지 않았으니 이것이 난리를 좋아하고 화를 즐기는 망령된 사람이 아닌가.

아, 그렇지 않다. 천리 밖에서 사람을 두려워함은 옛 사람이 기롱한 것이고, 싸우지 않고 스스로 굽힘은 지사(志士)가 통탄하는 것이다. 만약 일시의 임시변통을 달갑게 여겨 비열한 정책을 쓰면, 천박한 견해를 가진 자는 반드시 외면상의 조그마한 치욕이 실제 권리에서야 무슨 손해가 있으랴 할 것이다. 그러나 국가의 명예를 떨어뜨리고 국민의 천직(天職)을 업신여기면 빠르게, 하천하고 용렬한 마귀가 마음에 깊숙이 들어가서 만겁 동안 돌이킬 수 없는 지옥으로 들어간다.

속담에 '아비가 단술을 늘그막의 음식으로 삼으니 아들은 술 마시고 행패 부리기를 일삼게 되고, 아비가 바둑 두기로 여름철에 소일하기를 즐기니, 아들은 바둑·장기 노름으로 가산을 기울인다'함이 참으로 마음에 두어 정성스럽게 지켜야 할 격언이다. 내가 오늘날에 흉한(凶漢)을 만나서 마음으로는 명백히 도적으로 인정하나 잠시 화를 면할 계책으로 치욕을 불고하고 입으로 '아버지'라 부르며 그 앞에 무릎을 꿇으면 나의 아들은 머리를 수그려 '아버지'라고 다시 부르며 내 손자는 머리를 조아려 '아버지'라고 3대째 부르게 된다. 그리하여 필경 몇 대 후에는 입으로만 억지로 부르던 '아버지'가 마음속에 참으로 숭배하는 아버지가 된다. 그리하여 쇠가죽을 오래 덮어쓰매 본래의 면목을 모두 잊어버리며 종노릇하기를 버릇되니 남의 채찍질을 스스로 달갑게 여겨, 비록 불공대천의 원수인 적이라도 그 힘만 강하면 '아버지, 아버지'라 하였다.

고려 중엽에 몽고와 치욕적인 맹약을 맺던 초기에는 기쁜 마음으로 허락한 조약이 아니라 피눈물을 머금은 조약이며, 매우 좋아서 어쩔 줄을 모르는 화친이 아니라 웃음 속에 칼을 품은 화친이었다. 그렇건마는 급기야 몇십 년을 지나니, 피눈물이 웃음으로 변하고 칼이 술로 화하여 온 나라 백성이 적을 조상으로 섬기게 되는 마귀의 세계에 함께 빠졌다. 오늘 홀필렬(忽必烈 : 쿠빌라이)에게 무릎을 꿇고 절하던 손으로, 내일에는 주원장(朱元璋), 모레는 누르하치에게 무릎을 꿇고 절하였다. 그리하여 늙은 기생이 정든 임을 겪듯이, 이 사람이 가면 저이를 맞이하며 저이가 가면 이 사람을 맞이하여 거의 습성이 되어 부끄러움을 부끄러워하지 않는다. 슬프다. 네덜란드 국민이 30년 전쟁에 나라를 위하여 참혹한 죽음을 당하고 결딴난 말로에 이르렀다. 그러자 바닷물을 도읍지에 끌어 대어 분묘와 산업을 바다 속에 던져 버리고 독립 명예를 구차하게 함대 위에서 보유할지언정 적에게 머리 숙이기를 싫어하였다.

그러므로 우리의 권리가 아직 떨어지지 않았으면 검과 피로써 이를 보호할 따름이며 우리의 권리가 이미 떨어졌으면 검과 피로 이를 도로 찾아야 할 뿐이다. 또 참담한 난관에 날은 저물고 갈 길은 멀어서 나라의 치욕을 부득불 잠시 참아야 할 경우이면 날로 때마다 와신상담(臥薪嘗膽)하여 검과 피로 전 국민을 불러 일으켜야 한다. 그렇거늘 저 비열한 한 패거리는 항상 화락하고 조용하며 천천히 걸어서 행복을 구하라 하며 온순하고 부드럽게 복종하여 기회를 기다려라 한다. 이는 우리의 예기(銳氣)를 스스로 없애고 양심을 스스로 속임이니 온 나라 백성에게 화가 될 것이 어찌 이 말이 아닌가. 아, 어찌하면 을지문덕 같은 그런 이가 다시 나서 이런 무리를 쓸어내어 말끔하게 할까.

이때 수의 업신여기며 깔봄이 날마다 이르고 기타

수에 붙은 여러 나라들의 야유가 빗발쳤다. 그러나 을지문덕이 불굴불요의 의기(意氣)를 더욱더 스스로 힘써서 끝내 대풍운을 끌어 일으켰으니, 이런 뜻을 안 때문이겠다.

제5장 을지문덕의 웅략

작은 것으로써 큰 것과 맞서며 적은 것으로 많은 것을 대항하자면, 그 시행하려는 계획이 스스로를 지키는 국면에 조마조마하여도 극복하지 못할 염려가 오히려 있다. 그렇거늘 을지문덕이 행한 일을 보건대 그의 웅장한 목구멍은 중국 9주(州)를 꿀꺽 삼키려 하며, 그의 활보는 장성 만리를 넘으려 하였다. 만일 해동 한 모퉁이에서 관문을 닫고 홀로 지킬 좋은 계책이라고 주창하는 자가 있으면 즉시 그 얼굴에 한 번 크게 침 뱉을 기개가 있었다. 그리하여 금년에 몇 천 병사로 아무 땅을 차지하며 명년에 몇만 군사로 아무 성을 빼앗으며, 우명년에 몇십만 병력으로 아무 진(鎭)을 불의에 습격하여, 땅 위의 풀 한 포기, 나무 한 그루가 모두 우리의 비와 이슬에 젖으며, 공간의 벌레와 새들이 모두 우리의 호령을 두려워하여 해외 열강이 죄다 고구려의 역법(曆法)을 봉행케 하려 하였다. 당시 고구려 사서인 《유기(留記)》 《신집(新集)》이 후세에 전하지 않음으로써 을지문덕이 품은 정략을 상고할 곳이 없다. 그러나 다만 수사(隋史)를 안험하건대, 대개 단기 2734년경에는 고구려가 동서로 침략한 유적을 오히려 상상해 볼 수 있었다. 그러므로 양광이 내침할 때 그 국내에 포고한 글에, 순전히 고구려의 잦은 핍박을 견디지 못한 모양이 나타나 있었다. 그러므로 '고구려가 바다 수비군을 처벌하여 죽인다', '고구려가 강토를 잠식한다' 한 것이니 이로 보면 살수의 한 번 전쟁은 다만 을지문덕의 전쟁 역사 중 하나의 작은 부분에 불과하다. 아, 이것이 이른바 도량과 덕망, 능력도 못한 것이 아니며 이것이 소위 강한 소수 병력으로 대적(大敵)을 사로잡음이라 할 것이 아닌가. 조선 전역이 또한 족히 자유롭게 놀거늘, 무슨 까닭으로 이웃 나라와의 교제를 거스르고 전쟁을 일으켜 상하 군사와 백성이 무거운 책임을 벗지 못하게 하는가.

아득한 하늘이 우리의 중립을 불허하여 나아가지 못하면 반드시 물러나고 물러나지 않으면 반드시 나아감은 고금의 변하지 않는 이치다. 그러므로 옛 노래에 이르기를 '가자가자 어서 가자. 오늘에 아니 가면 다시는 갈 날 없다'고 한 것이 곧 인류 경쟁 세계에 우승 열패의 공리(公理)를 가리켜 밝힌 천칙이다. 삼국 시대의 산천도 다만 오늘의 산천이며 풍물도 단지 금일의 풍물이며, 인종은 지금 우리들의 조상이거늘 이에 후세의 외국 경쟁력이 더욱 하천·용렬함은 무슨 까닭인가. 이는 진퇴를 욕구하는 특별한 효과이다. 강한 것은 좋지 않다 하여 오직 약한 것을 힘쓰며, 큰 것은 좋지 않다 하여 오직 작은 것을 바랐다. 그러므로 다른 나라를 칭하는데 반드시 '대국', '강국'이라 하고, 자기 나라를 칭할 때는 '소국', '약국'이라 하였다. 그리하여 비굴한 말과 후한 폐물로 국방을 도모하며, 경서를 담론하거나 부(賦)와 시로 군비를 대신해서, 동쪽으로 대마도(對馬島)를 넘겨 주고, 서쪽으로 압록강 이서를 모두 잃어 한(漢)의 현(縣)인 구자국(龜玆國)처럼 됨을 달갑게 여겼으니 날로 퇴보함이 이러하고서야 날마다 약해짐을 어찌 면하겠는가.

이런 까닭으로 을지문덕주의는 적이 커도 나는 반드시 나아가고, 적이 강하여도 나는 반드시 나아가며, 적이 정예하든지 용맹하든지 나는 반드시 나아가는 것이었다. 그리하여 한 걸음을 물러가면 땀이 등을 적시며 털끝 만큼을 양보하면 피가 몸에 끓었다. 이로써 자신을 격려하고 동료를 부추기며 온 국민의 정신과 기운을 우쩍 일어나게 하여 그 삶을 조선으로 하고 그 죽음을 조선으로 하며 한 번 숨쉬고 배불리 먹는 것을 조선으로 하였다. 그 결과로 여진 부락들을 모두 우리 식민지로 만들고, 중국 천자를 거의 우리 손으로 사로잡게 되었다. 아, 땅의 크기로 그 나라가 큼이 아니며, 군사와 백성의 많음으로 그 나라가 강함이 아니다. 오직 자강·자대한 것이 있으면 그 나라가 강대하여지니 어질도다, 을지문덕주의여.

을지문덕주의란 어떤 주의인가. 말하자면 이는 곧 제국주의인 것이다.

제6장 을지문덕의 외교

이제 을지문덕이 전략에 성스러운 위인이라 하면 모두 '그렇다'고 말할 것이며, 또 을지문덕이 내치(內治)에 능한 현신(賢臣)이라 하면 또한 '그렇다' 할 것이다. 그러나 그가 외교에 민활·원대함을 아는 사람은 없다.

대저 이때에 관련하여 고구려를 위해서 꾀한다고 쳐 보라. 단지 전략만 베풀어 나라의 영광을 들날림이 옳을까. 옳지 않다 하겠다. 내치만 힘써서 나라의 기초를 공고케 함이 옳을까. 그렇지 않다 하겠다. 고구려의 지형을 고찰하건대, 동남으로는 신라·백제, 서쪽으로는 수(隋), 북쪽으로는 거란·말갈·돌궐·선비(鮮卑) 등의 나라가 있었다. 어떤 높은 산이나 큰 강, 요새(要塞)나 사막도 없고 강토 구역의 인접함이 개의 이빨처럼 서로 맞물려 사방으로 적을 마주하는 지역에 있었다. 그런데 이때에는 수의 기세가 열국을 눌러 복종시켜 좌지우지하여 그 위세에 따르지 않을 수 없었다. 이로 보면 신라도 하나의 수(隋), 백제·거란·말갈·돌궐·선비도 모두 하나의 수였다. 수의 일꾼, 수의 종이 사방에 벌여 있어 수

천자의 명령만 기다리니 만일 을지공이 부질없이 수에 도전하다가는 아침에는 신라의 군사, 저녁에는 백제, 오늘은 거란·말갈, 명일에는 돌궐·선비의 군사가 쳐들어올 것이다. 이쪽이 물러가면 저쪽이 나아오고, 저쪽이 물러가면 이쪽이 나아와서, 동서남북에 접전하여 쉴 겨를이 없으면 군사는 임금의 명을 받들기에 바빠 피로하고 백성은 안정된 생업을 잃는다. 그리하여 정치가가 조정에 빽빽하더라도 와해된 민심을 안정하기 어려우며 무공을 세운 사람들이 변경에 별처럼 벌여 있더라도 번갈아 침노하는 적병을 겨루어 막기 어려우리니 장차 어찌하리오.

아, 기이하도다, 을지문덕의 외교 수완이여. 손뼉을 치며 한 번 열렬히 외칠 일이로다. 마침내 말갈과 거란도 우리가 부리게 되고 고구려 정벌을 날마다 청하던 백제도 끝내 중립을 지켜 국경에서 관찰할 따름이며, 돌궐이 수를 두려워하여 이전에 고구려의 사신을 잡은 일이 있었으나 수의 군사를 돕지는 않았다. 그때 을지문덕이 시행한 남모르는 기이한 계략은 역사상에 널리 퍼져 전한 것이 없으나, 한 모퉁이에 홀로 서서 비장(悲壯)한 수완으로 적국을 돕는 무리를 와해시킨 일은 역력하니 아, 위인이었구나.

제7장 을지문덕의 군비

이때 중국에는 제(齊)와 진(陳)도 이미 망하고 돌궐

과 선비도 이미 항복하여 어정거리며 사방을 돌아보니, 우리의 뜻을 감히 거역할 자가 없었다. 중국의 역대 임금들이 대란을 평정한 뒤에는 백성의 기백을 강압하여 혁명의 싹을 꺾던 익숙한 솜씨로, 궁중에 숙위병 몇만명만 두고 모든 장수의 병권을 일시에 거둬들이며 전국의 쇠붙이를 모아 금속제 사람의 상(像) 열둘을 주조하였다. 그러한 때이거늘, 저 양씨(楊氏) 부자는 이 방법을 취하지 않고 도리어 군사를 더욱더 장려했으니 그 의도가 고구려 침략에 있지 아니하면 어디에 있었으랴.

아, 만일 고구려 사람의 안목이 슬기롭지 못하고 수완이 신통하지 않아 '저는 저고 나는 나'라는 어리석은 생각을 품고 태평곡만 불렀으면, 진(陳)의 후주(後主)가 지은 악곡인 〈후정화(後庭花)〉의 유한을 다시 이었음이 틀림없으리라. 다행이 이렇게 지혜가 뛰어난 을지문덕이 있어서 수가 중국을 통일한 이후로 더욱더 경계하여 군비 정책에 급급하여 겨를이 없었으므로 우수한 병사 백만이 있었다.

수사(隋史)에 이르기를, 고구려의 우수한 병사가 백만이라 하였다.

백성을 화락하게 했으므로 국방비를 거듭 거두어도 원망이 없었으며,

수 양광이 말하기를 '고구려가 국방비를 번거롭게 거둬들인다' 하였다.

장수와 벼슬아치는 적재(適材)를 반드시 등용했으므로, 뒷날에 큰 적이 침입하여도 항복하는 자가 하나도 없었으며,

역사에 이르기를, 수의 군사가 지나는 곳에 고구려의 여러 성들이 모두 굳게 지켜 함락하지 않았다 하였다.

성곽을 수리하여 전쟁 방비가 자족케 하였으니,

역사에 이르기를, 우문술(宇文述) 등이 평양성 아래에 이르자 성이 험준하여 함락하기 어렵다 하였다.

김유신의 나라를 위한 기도와 이순신의 미리 왜구를 헤아림, 제갈량의 농사 힘씀과 무예 강습, 가부이(加富爾)의 백성을 유인하여 세금을 불림, 이성(李晟)이 성을 수리하고 군량을 쌓던 그 열성, 그 충의 어린 분개, 그 고된 상황을 을지공은 그의 한 마음에 고루 품었으며 그의 한 몸에 두루 갖추었다.

제8장 을지문덕의 수완 아래의 적국
외교에 모자람이 없으며 내치에 빈틈이 없으니, 이

제야 그 큰 칼과 넓은 도끼를 움직이어 큰 전장에 나
타났다. 혹은 유격대를 보내어 말갈의 옷을 입고 그
들의 중심지를 정탐하며 변방도 침범하고, 혹은 거란
의 무리를 유인하여 바닷가의 파수병을 격파하고,

　　이 구절은 모두 단기 2744년 수 임금의 조칙에 의거하
였다.

　혹은 말갈을 이용하여 자주 들락거리며 그들을 왕
명 받들기에 분주케 하며,

　　단기 2731년에 고구려 임금이 말갈병 만여 명을 인솔
하여 요서를 쳤다.

　혹은 수와 신라·백제의 교통하는 길을 끊어 이간
시키고,

　　또 수의 임금 조칙에 간편한 차림으로 온 사자를 차단
하다 하였다.

　또 그들의 침범하는 한 무리 군사를 바람 앞의 티
끌처럼 순식간에 말끔히 소탕하고,

　　단기 2731년 6월에 수의 임금 양견(楊堅)이 한왕(漢

王)·양왕(諒王)·세적(世績)·주라후(周羅睺) 등을 보내어, 30만 무리를 인솔하고 수륙으로 함께 나아가 평양에 이르렀다가, 9월에 패하여 돌아오니 죽은 자가 십중팔구였다 하였다.

수의 국경을 차츰 잠식하니,

이 역시 단기 2744년 수의 임금 조칙에 의거하였다.

그가 수만리 넓이의 땅, 여러 억만 백성, 수백만 강병을 포용하고 있는 강국이라. 동방 한 모퉁이에 있는 소국이라고 무시하던 고구려에게 패배를 당하매 한 번 내침함이 당연하였다. 그러나 그 내침은 자동적이 아니라 실로 피동적임에 불과하였다.

제9장 수 군사의 명성·위세와 을지문덕

요동의 옛 요새에 다다라 군대의 상태를 사열하고 시중 드는 신하를 돌아보며 탄식하며 말하기를 '산을 옮기고 바닷물을 돌리는 것도 반드시 성취하기를 바라거늘, 더구나 고구려 따위 적은 무리를 멸함이 어찌 어렵겠는가' 했음은 수의 교만한 자가 자만한 말이었다. 《사기》를 읽다가 여기에 이르자 저도 모르게 한 번 비웃으며 꾸짖었으나 다만 그때 수의 기세를 관찰하매 이 1구의 교만한 말을 내뱉음이 별로 괴이할 것이 없었다.

10여 년간 훈련·양성한 병력으로 강물이 가로로 갈리듯이 넘쳐 동쪽으로 다가오되, 군함이 3백 척이며,

단기 2743년(영양왕)에 수의 임금 양광이 유주 총관(幽州摠管) 원홍사(元弘嗣)를 보내어 동래 해구에 가서 병선 3백 척을 제작하라 하였다.

병거(兵車)가 5만 대며,

수의 임금이 탁군(涿郡)에 친히 이르러 병거 5만 대를 제작하여 갑옷을 실었다 하였다.

갑옷을 입은 군인이 2백만이며,

같은 44년(영양왕 23년)에 수의 임금이 전국의 군사를 모두 불러 탁군에 총집합하였다. 좌 12군은 누방(鏤方)·장잠(長岑)·명해(冥海)·개마(盖馬)·건안(建安)·남소(南蘇)·요동·현도(玄菟)·부여(扶餘)·조선·옥저·낙랑 등의 도(道)로 나가고, 우 12군은 점제(黏蟬)·함자(含資)·혼미(渾彌)·임둔(臨屯)·후성(候城)·제해(提奚)·답돈(踏頓)·갈석(碣石)·동이(東暆)·대방·양평(襄平) 등의 도로 나와서 평양으로 일제히 치달았다. 무릇 1

백 13만 3천 8백 인이니 호왈 2백만이라 하고, 그 군량 수송자는 또 그 갑절이 되었다고 한다.

깃대 끝에 장목을 새의 깃으로 꾸민 정(旌)과 기의 행렬이 1천리요,

기병(騎兵)은 40대(隊)인데 10대를 단(團)으로 하고, 보병은 80대인데 5대를 단으로 하였다. 그 갑옷·투구와 깃발은 단마다 색을 달리하고, 하루 한 영(營)을 보내는 데, 서로 떨어진 거리가 40리에 잇달아 영을 행진시켜 40일 만에 모두 출발하였다. 선두와 후미가 서로 이어지고 북과 나발 소리가 서로 들리며, 정과 기의 행렬이 9백 60리에 뻗치었다 하였다.

장병은

모두 24군(軍)으로 나누어서 좌익위(左翼衛) 대장군에 우문술(宇文述), 우익위 대장군에 우중문(于仲文), 좌효위(左驍衛) 대장군에 형원항(荊元恒), 우효위 대장군에 설세웅(薛世雄), 우둔위(右屯衛) 장군에 신세웅(辛世雄), 우어위(右禦衛) 장군에 장근(張瑾), 우무후(右武侯) 장군에 조효재(趙孝才), 탁군(涿郡) 태수 좌무위 장군에 최홍승(崔弘昇), 우어위 호분랑장(虎賁郎將)에 위문승(衛文昇) 등이 나누어 거느리고, 수군(水軍)은 좌익위 대장군 내호아(來

護兒)가 통솔하다 하였다.

태반이 다 촉(蜀)과 제(齊)를 평정한 전투에 지혜와 용기로 저명한 장수였다. 저 야심 만만한 양광의 마음과 눈 속에 고구려가 이미 없어서, 압록강을 채찍 하나 던져 끊으며 평양성을 한 걸음으로 밟아 평정할 기개가 있었다. 그랬는데 불행히 을지문덕을 만나서 제1차 요수(遼水)에서 대패하며,

수의 군사가 요수에 이르니 아군이 물을 막아 항거하며 지켰다. 그들이 배다리로 군사를 건너게 하는데, 다리가 언덕에 미치지 못하여 아군이 높은 곳에 올라가 갑자기 공격하니 죽은 적군이 매우 많았다. 그들의 용장들인 맥철장(麥鐵杖)·전사웅(錢士雄)·맹금차(孟金叉) 등이 모두 전사한다 하였다.

제2차 요성(遼城)에서 큰 곤란을 겪었으며,

적군이 요동성에 이르렀는데 우리 수비 장수가 튼튼한 성을 굳게 지켜, 적군이 에워싸고 공격하였으나 이기지 못하다 하였다.

제3차 평양성에서 큰코 다치고,

내호아가 장강(양자강)과 회수(淮水)의 수군을 인솔하고 바다로 나아가니 배의 행렬이 수백 리라, 패수(浿水 : 대동강)로 들어와서 성 밑에 바로 이르렀다. 아군이 성 밖 주위의 빈 절에 매복하고 패한 체하며 유인하였다. 호아가 성중에 들어온 뒤에 복병이 출동하여 크게 싸우니, 적의 시체가 여기저기 흩어져 어지럽고 호아는 자신만 겨우 빠져 나가 단 혼자 말을 타고 도주하다 하였다.

끝내 살수에 이르러 큰 낭패를 당하니,

다음 절을 보라.

아, 국가의 강약은 영웅의 유무에 달려 있고 장병의 많고 적음에 있지 않다.

제10장 용호(龍虎)처럼 변화한 을지문덕

처녀같이 지키다가 튀어 벗어난 토끼처럼 나가며 산악같이 고요하다가 번개처럼 움직이니 을지문덕은 어찌 다만 위인일 뿐인가. 곧 천신(天神)이로다.

요하 이서에 밀물같이 세차게 다가오는 것은 모두 적국의 군대이고, 패수 하류에 검은 구름처럼 날아와 모이는 것은 죄다 적국의 군함이었다. 위로 하늘을 덮은 것은 적국의 정(旌)과 깃발이고, 아래로 지축을 흔드는 것은 적군의 북소리였다. 출병의 대단함이 고금에 처음 보는 일이니 구경꾼들도 고구려를 위하여 한탄하였다.

그런데 을지문덕은 여러 장수들을 지휘하여 요해처만 웅거하여 지키게 하며 ―윗장에 보인 요수·요성의 거수(據守)― 농담하고 웃으며 돌아보는 사이에 성 밖 주위 빈 절에 있는 복병으로 적의 수군을 섬멸하고 (윗장 내호아의 패전), 자기는 한가로이 일이 없는 사람처럼 있었다. 적이 멋대로 날뛰면 그대로 두고 적이 교만·횡포하면 그런 대로 놓아 두었다.

그러다가 적군의 큰 부대가 압록강 서쪽에 이르렀다는 보고를 받고 비로소 화락하고 조용하게 필마 단기로 적진에 몸소 들어가서 그 허실을 정탐한 후에 신통하여 헤아릴 수 없는 수완을 부려 탈없이 빠져 나왔으며,

적장 우문술·우중문 등이 많은 군사를 통솔하고 압록강 서쪽에 모였다. 을지문덕이 적진에 나아가서 거짓 항복하였다가 또 계책으로 우중문을 속이고 몸을 빼어 돌아왔다. 중문이 문득 후회하여 사람을 보내어 초대하기를 상의할 일이 또 있으니 다시 와 달라 하였다. 을지문덕이 말을 달려 압록강을 건너다 하였다.

겹겹이 첩첩이 천지를 얽듯 군사를 배치하고 큰 적을 꾀어 들인 뒤 시구(詩句)로 화답하는데, 크게 칭찬하여 적의 마음을 더욱 교만케 하며 마침내 '만족

할 줄 알아서 그쳐야 한다'고 권하였다. 아, 이때에 우중문 등이 '만족하니 그치기를 바란다'한들 공이 그 말을 받아들였겠는가. 영웅은 사람을 잘 속인다 함이 또한 거짓말이 아니로다.

을지문덕이 속이고 돌아갔음을 알아차리고 우문술 등이 대로하여 추격하였다. 을지문덕이 적은 병력으로 항전하다가 적군의 굶주린 기색을 보고 피곤한 듯한 계교로 조금씩 싸우며 달아났다. 이때 적장이 하루에 일곱 번 이기고 사기가 크게 올라 동쪽으로 살수를 곧장 건너서 평양성 30리 거리에 진을 쳤다. 을지문덕이 시 한 수를 지어 보냈는데, '신기한 계책은 천문을 헤아리고, 기묘한 꾀는 지리를 궁구하였네. 전승한 공이 이미 높았으니 만족할 줄 알아 그치기를 바라오.(神策究天文 妙算窮地理 戰勝功旣高 知足願云止)' 하다 하였다.

아, 한 을지문덕의 몸으로 천억만 을지문덕을 나타내었다. 홀연히 행인(즉 사신)으로 나타나고 홀연히 장수로 나타나며, 시인·재상·정탐가·외교가로도 나타났다. 당당하게 순실(純實)한 신하가 홀연히 또 임금을 배반한 신하로 속여 나타나며, 명성이 자자한 장수가 홀연히 패장으로 거짓 나타나며 후딱 왔다가 훌쩍 떠나며, 얼른 숨었다가 갑자기 나타나며 문득 멀어졌다가 또 가까워지며, 훌쩍 일어났다가 금방 엎

드린다. 그리하여 저 양양한 의기로 요동에 나타난 적국의 군신(君臣)이 일시에 그 자유를 잃고 을지문덕의 술책에 좌우되었다. 아, 역사를 읽는 이여. 을지문덕의 역사가 부족함을 한하지 말라. 다만 이 몇 줄의 역사에 그의 정신과 풍채가 다 드러난 것이다.

제11장 살수 대풍운의 을지문덕

튼튼한 벽 휑뎅그렁한 평양성 아래에서 몇 달 동안 오래 주둔하던 적병이 양도(糧道)는 이미 떨어지고 노략질을 할 수 없었다. 그리하여 부득이 군대를 철수하여 돌아가는데 을지문덕이 군사를 출동하여 사면으로 쳐서 살수까지 추격하였다.

슬프다. 어두운 밤의 언덕에 항우(項羽)의 오추마(烏騅馬)는 가지 않고, 해상의 태풍이 스웨덴의 군함을 쓸어 버린 듯하였다. 고구려의 병력이 우리의 한 부대원 수효에 불과하다고 업신여기며 깔보던 수(隋) 황제의 의기가 지금 어디 있는가. 추격군은 뒤에 있고 장강은 앞에 있는데 날고자 하나 날개가 없는 수의 병사여. 목숨이 끊어질 길목에 이르러 24 군영(軍營)이 배 1척을 다투는데 중류에 미치지 못하여 아군이 뒤를 따라 습격하니, 용사(龍蛇)가 활동하여 뛰고 천지가 뒤집히는 듯하였다. 후군장 신세웅을 목 베어 거두고 더욱더 분격하여 수백만 적병을 모두 물고기 뱃속에 장사지내니, 살아서 돌아간 자가 2천 7백 명

40

에 불과하고 수억만 냥의 자재와 기계가 일시에 다 없어졌다. 때는 단기 2744년 고구려 영양왕 23년 6월 이었다.

지금으로부터 1297년인데, 사관이 붓을 들어 크게 쓰기를, 모년 모월 모일에 을지문덕이 수의 군사를 방어할 때 살수 위에서 대파하니, 수의 임금 양광이 부리나케 돌아가다 하였다.

대개 동서 고금에 역사의 기록이나 패설(稗說)이 수두룩한데 그 중 숱한 전쟁에 적은 군사로써 대적을 능히 공격한 을지문덕 같은 사람이 있는가. 약자로써 강자 대적에 을지문덕 같은 이가 있는가. 일국의 대신으로 백만 적진에 드나들며 정탐하기를 을지문덕같이 한 사람이 있는가. 외로운 성과 힘이 약한 군졸로 사면 강적에 독립하여 굽히지 않기를 을지문덕과 같이 한 이가 있는가. 여러 번 강적을 쳐서 한 조각 그림자도 돌아가지 못하게 하여, 어린애가 울음을 그치고 초목이 그 이름을 알기를 을지문덕 같은 사람이 있는가.

안으로는 정치와 교육을 다스리고 밖으로는 적군을 막아, 한 몸으로 장수와 재상의 직을 겸임하였으되 행동 거지가 편안하고 한가로워 목소리와 얼굴빛이 동요하지 않음을 을지문덕같이 한 사람이 있는가. 땅이 좁고 사람이 적은 나라로 전쟁을 여러 번 일으켜 싸움이 쉬지 않았으나 민심이 감복하여 한 사람의 배반자가 없고, 온 몸을 오직 '우리 상공(相公)'의 계획에 제공케 함을 을지문덕같이 한 이가 있는가. 그 후세 사람이 수염 한 가닥, 털 하나만 을지문덕을 닮아도 그 나라의 독립을 유지할 수 있을 것이며 기침 한 번, 침 한 방울만 수습하여도 그 나라의 역사를 충당할 수 있을 것이다. 을지문덕은 우리 나라 4천 년 역사에 유일무이한 위인일 뿐 아니라 또한 전 세계 각국에도 그 짝이 드물도다. 적국의 사가도 오히려 저도 모르게 흠복(欽服)하여 특별히 두드러지게 적어 크게 찬미하기를 '고구려에 을지문덕이라는 대신이 있는데, 침착·용맹하고 지혜와 술책을 가졌다'고 하였다.

살수 대첩 후 781년경에 조선 창업 공신 문충공 조준(趙浚)이 명(明)의 사신 축맹(祝孟)과 안주(安州) 백상루(百祥樓)에 함께 올라 청천강(살수)을 굽어보고 시 한 수로 우리 선대의 사람들의 큰 업적을 자랑하며 수(隋) 군신의 용맹 없음을 냉정하게 조소하였다.

청천강물 세차게 허공에 출렁이는데, 수의 장병 백만이 물고기로 화했구려. 지금껏 고기잡이·나무꾼의 얘기로 남아 있어, 나그네의 한낱 조소 거리밖에 안 되네(薩水湯湯漾碧虛 隋兵百万化爲魚 至今留得漁樵話 万滿征夫 一 哂餘)

하였더니 축씨는 얼굴을 붉히며 붓을 던졌다.

제12장 성공 후의 을지문덕

내가 삼국 역사를 읽다가 살수 전쟁의 이듬해 2745년 요동 전쟁과 그 이듬해인 2746년 비사성(卑沙城) 전쟁에 이르자 갑자기 무엇을 잃은 것이 있는 듯 저도 모르게 허둥거리며 의심하여 마지않았다. 저 살수의 한 번 전투에 수가 맹장·정병 수백만을 다 죽였으며 자재·기계 누억만을 모두 잃었으니, 그들이 비록 부강하다 하더라도 재기할 여력이 어찌 있었겠는가.

그런데 아직 재기하기 이르거늘 세 번째 침입하였으니 그 자재는 모두 무슨 자재며 그 병사는 다 어느 병사인가. 가렴주구(苛斂誅求)에 불과하게 군수품을 긁어 모으고, 호미질하고 소를 부리는 농부와 행상과 가게 보는 장사꾼을 불러 모아서 군복을 입고 무기를 잡게 하여 사지(死地)로 몰아넣었다.

이는 훈련 안 된 병사이며 오합지졸(烏合之卒)이었다. 갑자기 군사를 일으켰다는 이유로 그 임금을 원망하는 군대이며 내란의 소식—수 양제 재기 때 양현감(楊玄感)이 낙양에서 기병하여 수에 배반—으로 정신이 어지러운 군사이니 우리가 필승할 길의 첫째이다.

형세로 논하면 우리는 주(主)요 그들은 객이며 사

리로 말하면, 우리는 맞는 것이고 그들은 안 맞는 것이다. 나라 정치를 살펴보면 그들은 바야흐로 어지러운 때이고 우리는 잘 다스려진 때이며, 군대의 사기를 보면 그들은 여러 번 패한 뒤이고 우리는 여러 차례 이긴 다음이니, 필승할 길의 둘째이다.

그들의 부강할 기초가 이미 흔들렸고 태평 일월이 기울어졌으니 스스로 망함을 구제하기에 힘이 부치거늘 어느 겨를에 이웃집과 시비를 따지겠는가. 그러므로 배구(裴矩 : 2744년에 수의 임금에게 고구려 침략을 권한 자)가 입을 다물고, 곽영(郭榮 : 2745년에 수의 임금에게 고구려 침략을 간한 자)이 머리를 조아렸으니, 이는 그 신하가 전쟁을 하고 싶지 않음이며, 내호아가 망설이고 우문술이 관망했으니 이는 그 장수가 전쟁을 하고 싶지 않음이었다. 팔륜(八輪)이 이룩되지 않고 비루(飛樓)를 만들지 않았으니 ─ 수의 임금이 고구려를 침범할 때 팔륜거와 비루를 제작함 ─ 이는 그 군사가 전쟁을 하고 싶지 않음이며, 슬픈 울음 소리는 거리에 꽉 차고 낭사가(浪死歌) ─ 수의 임금이 연패해도 잇달아 기병하니, 그 백성이 고통을 못 견디어 무향요동낭사가(無向遼東浪死歌)를 지음 ─ 는 산야에 가득했으니, 이는 그 백성이 전쟁을 하고 싶지 않음이었다. 온 수의 군인·백성·벼슬아치로 전쟁을 하고 싶은 자가 전혀 없는데 전쟁을 하고 싶은 자는 오직 저 야심에 꽉 찬 양광 한 사나이뿐이었으니, 우

리 전국의 병력으로 한 사내와 싸우는데 무슨 어려움
이 있겠는가. 이것이 필승할 길의 셋째이다.

우리가 위에 말한 세 가지 필승의 지위를 차지하였
으니, 그들과 결전하여 열 번 싸우면 열 번, 백 번
싸우면 백 번 이길 것이다. 병력이 작으면 목전의 적
병을 소탕하여 돌아가는 자가 없게 하고 병력이 크면
수의 중심을 진격하여 한(漢)을 한(韓)으로 만들었을
터인데, 어찌하여 한 모퉁이의 외로운 성을 의지하여
그들의 침범에 목숨을 걸고 나가지 못했으며, 그들이
돌아가는데 감히 추격하지 못하여 — 양현감의 반란
소식이 이르니 수의 양광이 크게 놀라 급히 군사를
이끌고 돌아가는데, 자재와 기계를 모두 버리고 부대
가 흩어져 어지러웠으나 고구려 군사는 성을 지키고
나오지 않으며 다만 그 성 안에서 북을 치며 떠들었
다. 이튿날 오후에 성 밖으로 처음 나왔으나, 적군이
후퇴를 속였는가 의심하여 주저한 지 이틀 만에 추격
하여 후군 수천 명을 죽이다 함 — 옛 역사를 읽는 사
람이 불만의 감정을 일으키게 하니 아, 따분하도다.
2744년 살수 대전에 1백 13만 3천 8백 되는 적병을
섬멸한 을지문덕이 과연 어디에 있었던가.

무정한 솔잎에 홍의장군(紅衣將軍) 곽재우(郭再祐)
의 말로를 의탁하고, 곧장 쇠사슬에 석저장사(石底壯
士) 김덕령(金德齡)의 큰 뜻을 끊어 보냈으니, 장군이
나와도 전쟁에 이기지 못하고 그 자신이 먼저 죽은

것은 가장 천하 지사가 괴롭게 장탄식할 대목이다. 이때 을지문덕이 파면되어 내쫓겼는지 참소를 당하여 제거되었는지 수명대로 오래 살았는지 도무지 고찰할 수 없는 일이다. 그러나 원수인 적을 멸하지 못한 유감을 품고 조국을 결별하여 몇몇 현인처럼 그 포부를 다 펴지 못하였음은 내가 단언한다. 포부는 무엇이었는가. 곧 강토 개척주의가 그것이다. 이 주의가 아니었으면 10여 년을 군사 양성에 진력했을 리가 없으며 이 주의가 아니었다면 적국의 분노를 촉발하여 재물을 없애면서 도전할 리가 없었다. 그런데 이 주의를 실행할 날은 즉 살수 대전 이후 양 전쟁 때였다.

만일 이때에 을지공이 탈 없이 건재했다면 당연히 크게 외치기를 '이때다 이때'라 하며 돌연히 분기하였을 것이다. 그리하여 순암(順庵) 안정복(安鼎福)이 논한 바와 같이 '신라·백제와 강화를 맺고 말갈의 무리를 이용하여 그 뒤를 추격하며 의려산(醫閭山)에 웅거하여 그 죄를 성토'하면 적의 원망하는 백성도 우리에게 붙고 반역 장군도 우리에게 돌아와서 적국 천자를 사로잡음이 손바닥 뒤집기보다 쉬웠으리라. 큰 마귀를 파멸함도 이때에 있었고, 나라의 영광을 발휘함도 이때에 있으며 강토를 확대하여 동방의 대제국을 건설함도 이때에 있었거늘, 곧 이런 것들만 할 수 없었을 뿐 아니라 패잔병과의 전투를 두려워하고 강적의 쇠퇴함을 피하여 과거 대국의 풍이 소멸하였으니 아, 을지문덕이여. 그 죽음이 너무나 빨랐도다.

그러나 양광이 이런 일 저런 일을 겪은 이후로 백성은 궁해지고 군사는 피로했으며 안에서는 원망하고 밖에서는 배반하여 그 자신은 흉악한 자에게 죽고 나라를 드디어 잃었다. 이 살수의 전쟁이 아니었다면 왕세충(王世充)·두건덕(竇建德)이 아무리 사나워도 수의 부(富)를 기울일 수 없었을 것이며, 이연(李淵)·이세민(李世民)이 비록 뛰어났으나 수의 강대함을 거둬들일 수 없었을 것이다. 그러므로 을지문덕이 경작한 밭에 이세민이 수확하고, 을지문덕이 수고한 힘에 이세민이 그 복을 누렸다 함이 옳겠다.

아, 한 번 싸운 힘으로 천자의 나라를 뒤집어서 없애어 해외의 여러 나라들이 우리 나라의 강함을 두려워하여 복종케 하였으니 비록 자기의 포부를 다 펴지는 못했으나 대동(大東) 남자의 가치는 이미 나타난 것이다.

제13장 옛 사가들이 좁은 소견으로 본 을지문덕

옛 사가로서 능히 견식을 갖추어 을지문덕의 참된 가치를 드러나게 한 자가 없다. 그러나 가끔 그 관견(管見)한 논의에서 전체의 모양을 미루어 알 곳이 있으므로 이제 그 대략을 추려 기록하고 그 밖의 잡록과 문헌에 흩어져 있는 을지문덕에 관한 기록도 이에 붙였다.

을지문덕이 침착·용맹하고 권모·술수가 있으며 겸하여 글을 잘 지었다.   《삼국지》

수의 임금 요동의 전쟁은 출병의 대단함이 옛날에는 없던 일이다. 그렇거늘 고구려가 한 모퉁이에 있는 작은 나라로 항거하는데 능히 스스로 유지할 뿐만 아니라 거의 수군을 다 멸했으니 이는 문덕 한 사람의 힘이었다.
                                            《삼국지》

부견(苻堅)이 백만 무리로 진(晉)을 치다가 사현(謝玄)이 강을 건너 한 번 싸우니 결딴나서 달아나 낙양에 이르자 무리가 겨우 10만이었다. 지금 수(隋)는 부견의 몰래 웅거함과 달라서 그 부(富)와 군사가 부견보다 갑절 이상 댓 갑절이나 되었다. 고구려의 땅은 강좌(江左) 서릉(西陵)의 경치도 없고 군사는 사안(謝安)·왕도(王導)처럼 본래 양성한 일도 없으며, 또는 주서(朱序)같이 이간하는 자도 없었다. 그러한데 을지문덕이 평양의 한낱 외로운 군사로 적병을 대항하여 전승을 거두었으니, 사현에게 비하면 문덕이 우수하였다.   《동국통감》

수 임금의 위엄과 기세가 천지를 진동하는데 을지문덕이 조용히 계획을 세워 저 2백만 무리가 거의 다 압록강·청천강의 귀신이 되고 살아서 돌아간 자가 2천 7백 인에 불과하니, 수의 임금이 대패하여 천하에 웃음거리가 되었다. 이로부터 이후로 당 태종의 신묘한 전술로도 안시성(安市城)에서 패전하고 요(遼)·금·몽고의 포악하고 사나움으로도 잔학한 독기를 피울 수 없었다. 금산(金山)·금시(金始)·합단(哈丹)·홍관(紅冠)의 군사가 모두 우리 나라에 섬멸당하여 후세 천하가 우리 동방을 강국이라 하고 경솔히 침범하지 못했으니 어찌 문덕이 후세에 남긴 공적이 아닌가.　　　　　　　《동국통감》

영양왕(嬰陽王)이 문덕 등 여러 신하를 등용하여 승승장구(乘勝長驅)해서 독부(獨夫)를 치지 못하였으니 애석하다.　　　　　　　《동사강목》

을지공이 몸소 큰 난리를 잘 계획하여 공(功)이 삼한을 뒤덮었다.　　　　　　　《동국명장전》

을지문덕은 평양(平壤) 석다산(石多山) 사람이다.
　　　　　　　《동국명장전》

안주(安州) 청천강은 을지문덕이 수의 군사를 추격하여 대파한 곳이다.　　　　　　　《여지승람》

이상에 나열한 것은 옛 사가의 논평을 간략히 묶은

것인데 어찌 그리도 적막하고 적은지. 이밖에는 가끔 고금 문사가 을지공을 우리 나라 시인의 비조(鼻祖)로 높여 받들었다. 유영재(柳泠齋 : 득공)의 시에 '을지문덕은 참으로 재사로다. 오언서를 짓는데 해동에 으뜸일세(乙支文德眞才士 倡五言詩冠海東)' 한 유와 《대동풍아(大東風雅)》 첫 권 제1장에 반드시 공의 시를 먼저 기록했다. 이는 조담약(趙湛若)을 거문고를 잘 뜯는 사람으로 우러르며, 김취려(金就礪)를 대주호(大酒豪)로 기림과 같으니 을지공이 이 사실을 안다면 빙그레 한 번 웃었을 터이지만 또한 완전한 덕의 일부분을 우러러 헤아릴 것이다.

제14장 을지문덕의 인격

을지문덕의 인격은 오직 침착·용감·권모·술수(沈鷙權數) 4자가 이것이다. 이 4자는 원래 수의 사가가 임금에게 받들어 올린 평을 역대의 우리 역사 기록에서 따른 것이다. 그러나 이것이 과연 을지문덕의 전체를 잘 살핀 말인가. 진에 이르러 적을 대항하는데 지휘가 정해진 듯하며 편안하고 한가로운 기분으로 적의 병영에 위험을 무릅쓰고 들어가서 노련하고 사나운 적장을 손바닥 위에 올려 놓고 놀리듯하였으니 침착·용감하다, 권모·술수가 있다는 말이 이로 말미암아 이름함이었다. 그러나 내가 을지문덕을 보건대 침착·용감함이 없지는 않았으나 그것으로만 을

지문덕이 을지문덕 되었다 함은 옳지 않으며, 권모·
술수가 없음은 아니로되 그것으로만 을지문덕이 을지
문덕 되었다 함은 옳지 않다 하겠다.

그렇다면 을지공은 과연 어떤 사람인가. 말하자면
공은 참되고 굳센 사람이며 특별히 뛰어나고 위험을
무릅쓰는 이였다. 참되었으므로 임금과 신하가 덕을
함께하여 10여 년 동안 친밀하게 일을 도모하는데 이
간하는 말이 없었으며 장수와 재상이 한마음이 되어
내치와 국방에 꾸준히 부지런하게 서로 힘쓴 결과,
그 군사는 강병이 되고 그 백성은 강국의 백성이 되
어 천리의 땅을 동서로 흘겨보았다.

굳세었으므로 수(隋)가 왕성한 기세로 성난 파도와
세차고 어지러운 물결같이 밀려들어 군함이 바다 위
에 개미 떼처럼 모이고 철갑을 입은 기병들이 요동벌
에 구름처럼 주둔하며 자주 위협을 가하였으나 여전
히 불굴불요의 정신으로 화락하고 조용히 상대하였
다.

특별히 뛰어났으므로 이때 수의 명성과 위세를 각
국이 두려워하여 복종하지 않음이 없어서 가까이는
신라·백제도 알랑거리는 태도를 보이고, 멀리는 돌
궐·거란도 무릎을 꿇는 치욕을 당하여, 불쌍한 열국
에 한 대장부가 없었는데 공이 비장(悲壯)한 수완을
홀로 발휘하여 적이 강하든 약하든 물리쳐서 양립(兩
立)하지 않기로 맹세하고 우열을 더욱 다투었다.

위험을 무릅썼으므로 순경(順境)과 역경도 불고하고 삶과 죽음도 근심하지 않으며 과감하게 단기(單騎)로 호랑이굴에 들어가서 호랑이를 잡았거늘 이제 그 일면만 관찰하고 침착·용감한 사람, 권모·술수가 있는 이라고 하면 어찌 옳겠는가.

공 같은 이는 우리 선대 사람들 가운데 참으로 제일 모범적인 인물이며 제일 모범적인 인물이로다.

제15장 시작도 없고 끝도 없는 을지문덕

짧은 식견을 가진 무리와 함부로 평하는 유(流)가 혹 이르기를 '을지문덕이 김춘추보다 못하다' 하였다. 을지문덕은 용맹이 지나치고 시국의 형편을 몰라서 적국의 노여움을 함부로 격발하였으므로 그가 죽은 뒤 몇 십년 만에 고구려가 마침내 외환(外患)으로 망하였고, 김춘추는 문무 겸전하고 대국(大局)을 통찰하여 강한 이웃 나라의 힘을 이용했으므로 끝내 삼한을 통합하여 신라 9백년의 기초를 공고히 하였으니 두 사람의 우열을 이에 알 수 있다 하였다. 헐뜯음이다. 이것이 무슨 말인가, 이게 무슨 말인가.

김춘추는 한 왕조의 어진 임금이라, 그 사업이 신라에서 시작하고 신라에서 마칠 따름이었다. 혁거세(赫居世)의 왕통이 이미 끊어졌으면 김춘추의 정신이 또한 없어졌다 함도 옳거니와 을지문덕은 참으로 영양왕조의 을지문덕이 아니라 단군 자손의 을지문덕이며 고구려의 을지문덕이 아니라 조선 민족의 을지문덕이다. 일시의 을지문덕이 아니라 우리 나라 억만세의 을지문덕이니 주몽(朱蒙) 왕통은 망하였으나 을지문덕은 망하지 않은 것이며 김춘추는 죽었으되 을지문덕은 죽지 않았다. 그 혁혁한 정신이 만고에 항상 존재한다.

그리하여 회원진(懷遠鎭) 강화에 무명씨(無名氏)의 쇠뇌가 되어 양가(楊家)의 교만한 자 수 양제(隋煬帝)가 그 가슴을 다치고 안시성(安市城) 싸움에 양만춘(楊萬春)의 화살이 되어 당(唐)의 영주(英主) 이세민(李世民)이 그 눈을 잃었다. 윤관(尹瓘)의 말이 되어 만주 벌판을 차고 짓밟았으며 강감찬(姜邯贊)의 검이 되어 여진의 난리를 토평하였다. 수십 척의 왜선을 불태운 정지(鄭地)의 화약도 되고, 풍신수길(豊臣秀吉)의 강병을 죽이고 물리친 이순신의 철갑선도 되었다. 산이 무너지고 바다가 다 말라도 공의 원력(願力)은 닳지 않으며 하늘이 뒤집어지고 땅이 꺼져도 공의 기백은 없어지지 않는다. 아, 지금까지 나라 이름을 '대한국(大韓國)'이라 하며 그 백성을 '대한민'이라 하여 여기에서 살고 늙으며 놀며 낚시질하며 노래하며 곡하는 것들이, 혹 을지공이 후세에 길이 남긴 공적 아닌 것이 있겠는가.

을지공은 우리 국가를 창조한 위인이며 우리 민족을 양육한 시조이며, 우리 후인들의 독립심을 부여한 거룩한 신이니, 뛰어나게 우뚝 솟아 높고 크도다. 비록 몇십 대 동안 비열한 손으로 광채를 가리어 어둡게 하며 몇백 년간 부끄러움이 없는 완고한 선비의 붓으로 가치를 매몰하여 진정한 영웅의 본래 면목을 찾아보기 매우 어려우나 지금 풍운이 더욱 어지럽고 고통이 날로 더하여 존망의 위급함이 순간에 닥쳤으니 나는 생각하건대, 지혜로운 을지공의 영혼이 수천 년 된 무덕 속에서 뛰어나와 당시의 안장을 다시 메우고 장부의 검을 한 번 시험할 듯하다. 그리하여 피터 대제, 워싱턴과 같이 6대주에 나란히 말을 달리며, 넬슨·비스마르크와 함께 천추의 영광을 다투어 독립 기초를 정돈할 날이 멀지 않거늘 누가 을지문덕을 김춘추에게 비기는가.

결 론

저자가 이전에 중국을 여행하고 돌아온 친구에게 들으니 만주의 봉천(奉天)·길림(吉林)·여순구(旅順口) 등지로 여행하매, 가끔 석곽(石槨)의 드러나 보임과 궁실의 옛 터로 우리 선대 사람의 유적을 어렴풋이 더듬어 볼 것이 아직 많았다는 것이다.

그 중에 어느 마을은 고려촌이라 하였으니 이는 옛날 고구려 사람들이 고난을 헤치고 사는 곳으로 정한 것이며 어느 성은 고려성이니 이는 고구려 사람들이 성곽을 쌓고 지키며 보호한 것이다. 지금은 비록 1천

백년을 이미 지나서 세상이 변천하고 높은 언덕이 골짜기로 변하고 골짜기가 언덕이 되었다. 그러나 옛 우리의 조상들이 긴 창과 큰 검을 거두어들여 튼튼한 성과 날카로운 병기로 자위(自衛)하던 옛 땅에 오늘날 아득히 먼 후손이 단신으로 객지에 돌아다니니 고금이 변천한 느낌이 머리에 자주 와 닿더라고 저자에게 말하였다. 내가 말하기를 아, 이는 을지문덕과 여러 사람들이 경영하던 유적이로다. 당시 피땀을 흘리며 재산을 허비하지 않으며 목숨을 돌보지 않고 모아 지킨 유산을 후손이 불초하여 남의 손에 모두 돌아간 것이다.

을지문덕이 이미 옛 사람이고 연개소문이 이미 죽었으니, 인재가 아득하여 오직 서희(徐熙)가 거란 사자(使者) 소손녕(蕭遜寧)을 대하여 '귀국의 동경(東京)도 또한 우리의 옛 강토'라는 말을 대담하게 한 마디 했을 뿐이다. 참으로 비장(悲壯)한 수완으로 외적과 맞서 싸우려는 종자는 봉의 털, 기린의 뿔처럼 희귀하고, 오직 중간 — 이하는 성호(星湖) 이익(李瀷)의 설을 따름 — 에 고려 태조 왕건이 중국풍을 배척하며 거란 사자를 거절하여 강토 개척하는 큰 뜻을 품었다가, 불행히도 하늘이 그의 오래 삶을 허락하지 않아 뜻을 이루지 못하였다. 이 뒤로 우리 나라 사람의 도량이 드디어 좁아져서 — 이익의 설, 여기서 그침 — 우리 나라의 땅이 이렇게 줄어들었다. 그리하여 지금은 한 덩어리의 산천이 이리저리 부숴져서 단군 이후 4천년 동안 전하여 온 중심 기지도 남에게 넘겨 주어 우리 겨레는 발 붙일 땅이 전혀 없으니 어느 겨를에 압록강 이서를 따져 묻겠는가. 아, 20세기 새 대한 (大韓)의 을지문덕이여. 태어나심이 어찌하여 더딘가.

내가 말하기를 당시 고구려가 비록 강대하였으나 침략하여 소유한 토지와 인민을 제하고 내지의 넓이를 통계하면, 현 경기·평안·강원·함경도 등과 충청도 등에 있는 수십군이었다. 땅은 천리가 안 되고 백성은 수백만에 불과하니 자그마한 변두리의 나라일 뿐이었다. 그렇거늘 이에 이러한 땅을 잘 이용한 결과로 압록강 밖 만여 리의 땅을 거두어 차지하였다. 그리하여 말도 같지 않고 풍속도 다른 몇백만 가족을 부리며 강약도 아주 다르고 인구의 다소도 엄청나게 다른 대륙 중국을 잠식하였다. 공격하면 반드시 빼앗고 싸우면 반드시 이기며 지키면 반드시 튼튼하고 편안하면 서로 격려하여 한한(韓漢) 교섭 이래로 제일 큰 전쟁(살수 전투)의 명예가 우리 민족에게 오로지 돌아왔다. 그랬는데 어찌하여 역대의 임금과 재상들이 재앙만 모두 길러 가냘프고 쇠하며 느른하여 백성의 마음을 흐리게 하고, 외국과의 경쟁 사상은 있는 힘을 다하여 꺾어버렸다. 그러므로 이조 중엽에 외국의 경종이 한 번 들리매 조정과 재야 상하가 국치를 방어할 계책이 없어서 적의 칼날이 미치자 어찌나 큰 상처를 입었던지 지금도 산촌의 외로운 등불 아래에서 백발 노인들이 두셋 모여 앉아서 가끔 임진왜란 이야기를 하며 가슴을 떠는 것이다.

슬프다. 만일 진화(進化)의 원칙으로 미루어 보면 중고 시대의 이렇게 강하고 사나운 민족이 이제 우수한 세력을 세계에 크게 떨치겠거늘, 무슨 까닭으로 늘 하락하여 상황이 이렇게 극단에 이르렀는가.

내 이제야 알겠다. 그 나라 백성의 용맹함과 비겁함, 우수함과 용렬함은 오로지 그 나라의 한두 선각한 영웅의 고무·격려 여하에 따라 성쇠하는 것이다.

연개소문

연개소문(淵蓋蘇文)의 사년(死年)

고구려 막리지(莫離支) 연개소문이 죽은 해가 고구려 보장왕 25년(단기 2999년), 당 고종 건봉 원년인 것은 《삼국사기》나 신·구 《당서》의 기록에 의하여 종래의 사가들이 아무 의문 없이 전하여 서술해 왔다.

무릇 인간이란 것은 거의 시국의 형편을 만드는 바라, 연개소문이 송도 말년에 났으면 잘해야 최영(崔瑩)이 될 뿐이며 한양 말년에 났으면 대원군이 되었을 뿐이었다. 그렇지만 다행히 고구려 전성 시대, 곧 광개토왕 이래의 드넓은 토지와 장수왕 이래 휴양한 백성의 힘과 3백만 이상의 수 양제의 해·육군을 격파한 을지문덕 이후 백전 훈련한 군대를 가진 그 시대에 나서, 조선 과거 역사상 미증유(未曾有)의 군국적 침략주의를 행한 인물이었다. 그러니 시국의 형편이 연개소문을 낳음이요, 연개소문이 시국의 형편을 낳음이 아니다.

톨스토이가 피터 대제의 위대함을 흠모하여 그 전

기를 지으려다가 세세히 사료를 수집한 결과, 도리어 그의 용렬한 점을 많이 발견하고 붓을 던졌다는 말도 있다. 그렇지만 고대에 이른바 영웅·위인들이 거의 시국의 형편이 낳은 창조물이요 그 자체의 위대한 것은 없을 것이다.

그러나 연개소문은 당 태종 이하 당시 전 중화인에게 공포의 대상이었다. 신·구 《당서》가 비록 그 국가적인 수치를 꺼리어 당시의 전쟁 사실을 적을 때에 연개소문의 공격적 사실을 빼고 방어전의 사실만 썼을 뿐이다. 그럴 뿐더러, 그 방어전의 기사 가운데도 오직 안시성의 한 번 전역(戰役)을 '당의 군사가 그들을 공격했으나 이기지 못했다'고 적은 것 이외에는 당 태종이 승리한 것으로 적었다. 그러나 그 '막리지, 더욱 교만·방자하였다', '막리지, 감히 나오지 못하였다' 등 문구의 측면을 보아 당인의 연개소문에 대한 공포가 어떠했는지를 증명할 수 있다. 이위공(李衛公)의 《병서》에 '막리지는 자칭 병법가'였다고 한 비웃는 말의 이면에서, 연개소문의 전략을 감탄한 의사가 적지 않음을 볼 수 있다. 요양의 개소둔(蓋蘇屯)과 산해관에서 북경까지의 여러 곳에 가끔 있는 황근대(詫根臺)와 직례·산서성의 각지에 산재하는 고려영이 연개소문의 군사가 중화 각지에 출몰한 유적임을 말할 수 있다. 그러한즉, 만일 연개소문이 죽지 않았으면 당의 군사가 고구려의 한 치 땅을 빼앗지 못했을 것은 명확한 사실이다. 그렇거늘 이제《삼국사기》가 신·구《당서》에 의하여 단기 2999년을 연개소문이 죽은 해로 단정한다 하면, 고구려의 공수(攻守) 동맹국인 백제가 벌써 그 6년 전인 2993년에 멸망하여, 연개소문이 구제하지 못하고 고구려가 앞뒤로 적의 침략을 받아 곤경을 당하여 멸망한 지가 오래였을 것이다. 만일 그렇다면 당인이 어찌 연개소문을 두려워하였으리오.

내가 지난 날부터 이 의문을 가지고 연개소문이 죽은 해가 백제 멸망 이전임을 억측하여 판단하고 두 나라 사책의 기록이 잘못임을 공언하여도 동조자가 없었다.

《삼국사기》는 번번이 본국이 중화와 관계된 사실을 적을 때에는 본국사를 버리고 중화사를 좇는 것이 그 서법인 동시에, 연개소문같이 유아독존(唯我獨尊)의 사상을 가진 인물의 사적에 대하여는 더욱 그 서법을 남용하였다.

연개소문이 '나이 열 다섯에 총명하고 무술에 신묘하므로 무양왕(武陽王)이 이를 불러들여 신하로 삼았다' 함이《삼국유사》에, '안시성의 전쟁에 연개소문이 양만춘(楊萬春)을 시켜 당 태종을 쏘아 눈을 맞춤'이《해상잡록》에, '고구려가 승군 3만을 움직여 당병 30만을 대파함'이 최영전에 보였다. 그러하니 대개《유사》《해상잡록》, 최영전이 모두 연개소문의 전사

서술을 목적한 글들이 아니고 오직 일시에 어떤 일, 어떤 말의 관계로 인하여 옛 기록의 글을 인용한 것에 불과하다. 그러한즉 《삼국사기》 저작 이전의 옛 기록에 연개소문의 전기적 재료가 될 기록이 적지 않았을 터인데, 《삼국사기》 작자가 그 모든 재료를 단번에 뭉개 버리고 신·구 《당서》 《자치통감》에서 뽑아 적었다. 그 이른바 〈개소문전〉은 송기(宋祁)의 본문이고 그 소위 〈보장왕 본기〉는 당 고종 본기에서 찢은 글이다. 옛 기록 중에서 인용한 연개소문의 기사는 전체 《삼국사기》 중에 오직 '태대대로 개금관지(太大對盧蓋金館之)' 여덟 자가 김유신전에 보일 뿐이니 이로 미루어 보면 《삼국사기》에 쓰인 '보장왕 25년에 개소문이 죽었다'가 어떤 본국의 믿을 만한 역사를 의거함이 아니고 오직 《당서》에 의거했음이 명백하다.

'《당서》가 비록 적국 사람의 저서이므로 꾸민 기록이 많다 하나 어찌 연개소문이 죽은 해야 속였으랴. 중화 고대의 사가가 비록 이웃 나라 사정에 엉성하다 하나 어찌 목전에 전 중국에 공포를 주던 연개소문이 죽은 해야 몰랐으랴' 하여, 《당서》로써 연개소문이 죽은 해를 확단하려는 이가 있겠지만 이는 무리한 속단이다. 당 태종의 죽음을 《당서》 태종 본기나 유계전(劉洎傳)이나 《자치통감》에 참조하여 보면 요동에서 얻은 병이며 그 병명은 두 책의 기록이 각각 다르다. 그러나 이는 본국 전설에 따르면 안시성에서 화살에 맞아 생긴 종기가 명백하니 마치 송 태종의 거란에게 맞은 화살 종기가 《양산묵담(兩山墨談)》에 보였으나 송사(宋史)에 보이지 않음과 같이 중화사에 당 태종이 화살에 맞은 종기 사실을 꺼리어 감춰 혹은 늑막염, 혹은 이질로 썼다. 그러한즉 연개소문은 이와 같이 당의 군부(君父)인 당 태종을 죽인 원수이니 불공대천의 원수에 대하여 창을 거둬들이지 않고 싸워 죽는 것은 공자가 정한 빛나는 예법이고, 이 예법을 잊는 자는 금수라 한 것이다. 만일 연개소문의 생전에 당인이 고구려에 대한 복수군을 크게 움직인 때가 없으면 이는 온 나라가 명확히 금수가 되었음을 자백한 것이다. 그러므로 중화 사관이 연개소문의 죽은 해를 평양 침입 이후까지 늘이려 하는 어리석은 생각도 있으며 또는 이웃 나라 임금과 신하의 죽음을 번번이 그 부고를 들은 해로 씀은 《춘추》의 서법이므로 중화 사관이 그 서법을 고수하는 편견도 있었을 것이다. 그 편견에 의하여 《구당서》에는 '6월 임인에 개소문이 죽고, 아들 남생이 막리지가 되어 예성(詣城)을 순찰하는 사이에 아우 남건에게 뒷일을 맡겼더니 남건이 반역하여 남생을 토벌하므로 남생이 별성에 의거하여 아들 헌성을 보내어 구원을 요청하다' 하였다. 연개소문의 죽음과 남건의 반역, 남생의 항복을 모두 다 헌성이 달려가서 알린 날(6월 1일)의 일로 적었다. 그 어리석은 추측에 의하여 《자치통감》에는 '5월에 연개소문이 죽고 남건이 반역하여 남생이 당에 항복하기를 바라므로, 6월 임인에 당이 남생을 구제하는 조서를 내렸다'고 썼다.

남생전을 의거하면 남생·남건이 본래는 서로 친근하게 신임하는 형제이므로 그 아비가 죽은 뒤에 남생이 아비의 직을 대신하여 막리지가 되어 예성에 나가 순찰하는 동안에 내부의 병마 대권을 맡기어 지키게 하였다. 그런데 어떤 이가 그 형제의 의를 이간하여 남생더러는 남건이 그 병력으로써 형 남생을 물리치고 그 권을 뺏으려 한다 하고, 남건에게는 남생이 아우 남건을 미워하여 그가 지키는 병권을 거두려 한다 하였다. 마침내 남생은 남건을 꺼리어 정찰하는 사자를 보내고 남건은 남생을 의심하여 그 정찰 사자를 암살하였다. 그 꾸민 이간이 이뤄짐과 시새움이 생긴 것이 반드시 차츰 쌓여 된 것이고 1년 몇 개월간의 일이 아닐 것이다. 또는 어떤 비열한 매국적이라도 태어날 때에 곧 매국적의 탈을 쓰고 나오는 것이 아니라, 혹은 사사로운 분개에 못 견디거나 이욕에 미혹하여 매국의 대죄를 짓는 것이다. 그러한즉 10만 군사를 거느린 남생이 남건의 반역 소식을 접한 뒤에 반드시 한바탕 혈전하다가 패한 뒤에야 당에 투항하였으리니 이것도 1, 2개월 내에 된 일이 아닐 것이다. 그러면 6월 임인의 하루 안에 이 숱한 큰일을 겪은 줄로 쓴 《구당서》도 믿을 수 없거니와 5월 1개월 내에 허다한 대사를 겪은 것으로 쓴 《자치통감》도 준할 수 없는 것이다. 그렇거늘 《삼국사기》에 이를 그대로 뽑아 적었으니 그 문자상 사대주의의 완고함은 가엾다고 탄식할 수밖에 없다.

여하간 연개소문의 죽음은 고구려의 멸망에 지대한 관계를 가진 사실로서 사책의 기록이 이처럼 모호하여 독자의 의문이 된다. 나의 '백제 멸망 이전에 연개소문이 이미 죽었다' 함은 한낱 가정이니 가정을 곧 실록으로 서술함은 사가가 불허할 바이다. 그래서 작년 가을에 '중화민국 하남성 낙양에서 일본 사람 아무개가 천남생(泉男生)의 묘지(墓誌)를 발견하였다'는 기사가 어느 신문에 게재되었으므로 연개소문이 죽은 해를 참고하기 위하여 그 초본을 구득하였다. 말하자면 연개소문과 남생 부자를 근세 인물에서 그 짝을 찾자면 연개소문은 홍경래·김옥균·대원군 3인의 정신과 수완을 합하여 1인이 됨과 같으며, 남생은 이완용·이용구와 같은 유의 사람이니 남생의 묘지를 구하여 연개소문의 일을 참조하려 함이 얼마나 가소로운 모순인가. 그러나 두 사람이 불행히 부자의 관계를 가져 역사적 재료를 공헌하는 때는 얼마 만큼 도움이 있을 줄로 안 것이다.

그 본문을 열람하니 '증조 자유, 조 태조, 병임막리지, 부 개금 임태대대로, 내조내부 양치양궁 병집

병령 함전국병(曾祖子遊祖太祚竝任莫離支 父蓋金任太大對盧 乃祖乃父 良治良弓 竝執兵鈐 咸專國柄)'의 6구가 연개소문의 조부 자유와 아버지 태조가 대대 귀족으로 군무와 국정을 잡아 온 가문임을 증명하는 이외에 정작 그 정치상의 공적과 전략·전술의 능함 여부는 한 글자도 끌어 언급함이 없다. 중화 문사의 자존적 편견으로, 당에 투항한 역적 남생을 찬미할지언정 당과 대전한 연개소문의 사실을 바로 서술할 리가 없다. 또 아들의 묘지에 그 아비의 행동을 비웃고 나무랄 수도 없으니 그 공죄를 도무지 끌어 언급하지 않음이 당연한 일이다. 이는 나의 뜻밖이라, 실망이라 하느니보다 예기(預期)한 바라 함이 옳거니와 다만 한 가지 불만스러운 것은 묘지 가운데 연개소문이 죽은 해를 빠뜨린 것이다.

　그러나 그 묘지의 본문이 원래 고구려 당시의 사실에 의하여 중화사의 잘못을 교정하려 한 것이 아니고 오직 중화사 가운데 기재한 소위 동이열전(東夷列傳)의 전고(典故)를 주워 사륙 대구(四六對句)의 문장을 지어 할 수 있는 대로 중화사의 기사와 충돌을 피한 것이다. 당의 역사에 이미 연개소문이 죽은 해를 이적(李勣) 등의 평양 침입과 같은 해로 기록하였으니, 이 묘지에 남생의 아버지가 죽은 해를 빠뜨린 것도 역시 당연한 일이다. 그러나 이 글 중에 남생의 임관(任官)한 차례를 기록하기를 '24세에 장군을 겸하고 나머지 벼슬은 전과 같았으며 막리지로 임명되어 삼대군 장군을 겸하여 제수받다' 하고 맨 끝에 남생이 죽은 해를 기록하기를 '의봉(儀鳳) 4년 정월 29일. 병으로 안동부의 관사에서 46세에 죽다' 하였다. 남생이 당 고종 의봉 4년에 46세였으므로 의봉 4년은 단기 3011년이니, 그가 막리지를 맡은 24세는 단기 2990년 보장왕 16년이다.

그러면 보장왕 16년에 연개소문이 죽고, 남생이 대신하여 막리지가 되어 군무와 국정의 대권을 잡은 것이 명백하다. 또 그 글 중간에 '두 아우 남산과 남건이 일조에 흥패하여 차마 가까이할 수 없었으며 군사를 일으켜 안에서 항거하고…이리하여 대형(大兄) 불덕(弗德) 등을 보내어 표(表)를 받들고 조정에 들어가 사실을 아뢰었으나 계속 이반하니 불덕이 머물러…공(公)이 요동으로 반역하니…다시 대형 염유(冉有)를 보내어…건봉 원년에 공이 또 아들 헌성을 보내어 조정에 들게 하다' 하였다. 위의 본문에 의하여 사실을 차례로 서술하면 연개소문이 죽은 뒤에 남생이 막리지가 되어 예성에 나가 순찰하다가 두 아우 남건·남산이 안에서 반역하여 남생을 항거하므로 남생이 반공격하다가 패하였다. 처음으로 불덕을 당에 보내어 구원병을 청하려 하니 부하의 의사(義士)들이 남생의 매국 불의를 미워하여 함께 반역해서 남생을 공격하였다. 남생이 요동으로 달아나 다시 염유를 당에 보내어 구원병을 청하였다. 그러다가 단기 2999년에 이르러 남생이 아들 헌성을 당에 보낸 것이다. 그러면 연개소문이 죽은 해가 보장왕 25년, 곧 2999년의 훨씬 이전임이 반증되니, 이는 다 그 묘지 작자가 무의식 중에 당 사관의 끌어 언급하지 않은 연개소문의 죽은 해가 누락되었을 것이다.

어떤 이는 말하기를, 묘지 중에 '32세에 태막리지(太莫離支)로 가자(加資)되고 군무와 국정을 총람했으며 아형원수(阿衡元首)가 되다' 하였으니 남생이 32세 된 2998년에 연개소문이 사망하고 남생이 대신하여 군무와 국정의 대권을 총람한 것이 아닌가.

대개 '태(太)'자의 벼슬 이름은 삼국 시대에 다 공덕 있는 자에게 올린 품계이고 실직(實職)이 아니었다. 《삼국사기》의 직관지에 '문무왕 8년에 김유신(金庾信)을 태대각간(太大角干)으로 삼고 그 으뜸가는 계책을 포상하다' 하였는데 김유신이 원래 각간으로 군권을 총람하였으나, 이때에 이르러 고구려와 백제를 멸한 으뜸가는 계책을 포상하여 품계를 더함이었다. 태막리지도 남생의 공을 포상한 품계임이 명백하며 또는 '군무와 국정을 총람하고 아형원수가 되다' 함은 '24세 … 막리지에 임명되고 … 32세에 태막리지로 가자됨'의 두 일을 함께 이은 말이니 이로써 '남생이 32세에 비로소 군무와 국정의 대권을 총람함'으로 억측 판단함이 옳지 않은 것이다.

어떤 사람이 또 말하기를 '윗글에 〈개금을 태대로에 임명하다〉 하였으니 남생이 24세 때에 막리지 연개소문은 태대대로로 오르고 남생이 막리지를 맡은 것이 아니냐' 한다. 그러나 《삼국사기》나 신·구《당서》에는 다 연개소문의 아버지를 대대로라 하였다. 이 묘지에는 남생의 조부 태조를 막리지라 하고 《삼국사기》나 신·구《당서》에는 모두 연개소문을 막리지라 했는데 이 묘지에는 개금(연개소문)을 태대대라 하여 서로 정반대의 기록을 게재하였다.

'대로(對盧)'의 '對'는 '마주'의 '마'를 취하여 의역한 것이니, '對盧'도 '막리지(莫離支)'와 같이 '마리'로 읽어야 한다. '對盧와 莫離支가 한낱 같은 벼슬 이름을 달리 번역함이다' 함은 내가 이전에 〈이두문 해석〉에서 논술하였다. 그렇거니와 이 묘지는 번번이 한 이름을 달리 번역한 이두자의 벼슬 이름을 혼용하였다. 예를 들면 남생에게 고구려에서 임명한 관작을 줄 때에 '두대형(頭大兄)', '태막리지' 등의 벼슬 이름만 있고 그 아랫글에 당이 남생의 벼슬을 줄 때에는 '공을 특진하여 태대형에 임명하였는데 옛과 같다' 하여 '태대형'이 두대형의 옛 관직을 가리킴인지 태막리지의 고직을 지칭함인지 모르게 되었다. 또는 그 전체의 글이 짝을 이루는 체인 까닭에 안팎 구에 같은 명사를 쓸 수 없으므로 안쪽 구에는 '증조자유 조태조 병임막리지(曾祖子遊祖太祚立任莫離支)'라 하고 바깥 구에는 '부개금 임태대대로(父盖金任太大對盧)'라 함이고, 막리지 이외에 따로 대로라는 벼슬 이름이 있는 것이 아니다.

설혹 막리지 이외에 대로라는 벼슬 이름이 있었다 할지라도 김유신전에 김춘추가 태대대로 연개소문을 방문할 때가 곧 보장왕 원년 단기 2975년이었다. 그 해에 연개소문이 이미 태대대로의 벼슬 이름을 가졌으니, 그 16년 뒤(단기 2990년)에 연개소문이 막리지에서 태대대로의 직에 오르고 남생이 대신하여 막리지가 되다 함은 어불성설이다. 그러므로 단기 2990년 — 막리지가 궐한 — 연개소문이 죽은 해이다.

연개소문이 만일 단기 2990년에 이미 죽었다면, 당인이 어찌 이때를 타서 고구려를 치지 않고 먼저 백제를 쳤는가.

이를 논술하자면 먼저 2978년의 동맹 전쟁의 원인과 결과를 약술할밖에 없다. 그 전쟁의 원인으로 말하면 단기 2808년에 고구려 장수왕이 한성을 쳐부수고 남진 정책을 취하매 신라와 백제가 각각 자위를 위하여 양국의 공수 동맹을 체결하여 고구려에 대항하였다. 그러다가 2870~80년경에 신라 진흥왕이 출현하여 국력이 강성해져 강원도·함경도 등지와 경기도의 남반부를 아울러서 차지하고 충청북도 등지로 침입하였다. 백제는 신라의 삼면 포위를 받아 국세가 위급하다가 백제 무왕이 다시 군정을 가다듬고 국력을 기르며 부여성충(扶餘成忠)·부여윤충(扶餘允忠) 등을 썼다. 이리하여 그 뒤 의자왕 원년에 신라 서쪽 변두리의 40여 성을 함락하며 대야(합천)의 전투에 김품석(金品釋)과 고타소랑(古陀炤娘)을 사로잡아 죽였다. 고타소랑은 신라 김춘추의 사랑하는 딸이라 춘추가 그 복수를 위하여 고구려의 구원을 바랐다. 그러나 고구려는 신라가 한강 유역을 독점한 것을 미워하여 이를 거절하고 돌아와 백제와 동맹하니 신라가 또 이를 저항하기 위하여 바다를 건너 당의 구원병을 청하였다.

이때에 고구려의 정치 실권자는 연개소문이었다. 그는 소년 때부터 이웃 나라를 침략할 야심을 품고 중화 여러 지역을 돌아다니며 풍토를 시찰하고 귀국하여 아버지의 직을 이어 대대로가 되었다. 단기 2975년에 영류왕을 죽이고 보장왕을 세워 국정을 제마음대로 행하였다. 당 태종이 수 양제의 살수 참패를 중화의 큰 수치로 여겨 늘 고구려를 침벌하여 이를 보복하려 하다가 연개소문의 기반이 공고하지 않은 기회를 타려 하는 즈음이었다. 이때 신라에서 구원병을 요청하는 사자가 오므로 양국이 드디어 비밀히 동맹을 체결하여 고구려와 백제를 멸하여 그 땅을 같이 나누기로 하였다. 이에 고구려·백제 양국 동맹에 대한 신라·당의 양국 동맹이 성립되어 2978년의 전쟁을 일으키게 되었다.

그 전쟁의 결과로 말하면 당 태종이 친히 30만 대군을 이끌고 안시성을 치다가 전군이 몰사하였다. 태종은 유시(流矢)에 눈을 부상하여 달아나다가 이하(泥河 : 현 헌우락. 당 태종의 말이 빠진 곳)에서 말이 넘어져 겨우 고구려의 포로가 됨을 면하였다. 신라는 당에 대한 동맹의 의로 고구려의 후방을 위협하려 하여 김유신 등 여러 장수를 명하여 대군을 인솔하고 칠중하(七重河)를 건넜다. 그랬더니 백제는 고구려의 동맹을 위하여 신라의 서쪽 변두리를 덮쳐 7성을 함락하니 이 전쟁에는 고구려·백제의 편이 완전히 대승리를 얻었다. 이 전쟁 이후 3년 만에 당 태종이 죽고 연개소문의 세력이 더욱 강성해져 직례·산서 등지에 침입하여 가끔 군·현을 설치하였다. 이는 비록 사책에 빠졌으나 전술하였듯이 각지의 고려영이라는 땅이름이 기록보다 더 적확한 사료가 될 것이며 동시에 신라가 백제의 압박을 받은 것은 선덕·진덕 양대의 〈본기〉가 이를 증명한다.

이 해에 백제의 부여 성충이 죽고 이듬해에 고구려의 연개소문이 죽으니 이는 양국의 지대한 손실인 동시에 신라와 당의 대단한 복음이었다. 이에 신라와 당이 동맹 전쟁을 맺었는데 당의 원수는 백제가 아니고 고구려이니, 연개소문의 대상(大喪)을 틈타 고구려를 쳐서 멸함이 당인의 최급한 목적이었다.

그러나 다만 당인이 전번 고구려를 침입할 때에 군

량 운반이 어려워 번번이 실패를 당하였으므로 먼저 신라와 함께 백제를 쳐서 멸하고 신라의 군량으로 당병에게 공급하려 하였다. 이에 양국이 생각한 결과, 2993년 가을에 신라의 김유신은 육로로, 당의 소정방(蘇定方)은 수로로 백제를 연합 공격하였다. 무릇 백제를 먼저 치고 고구려를 뒤에 함이 이상의 서술한 관계에 말미암일 듯하다.

백제가 이미 망하매 신라는 군량을 공급하고 당은 군사를 출동하여 당인에게 대단한 편리를 주었다. 고구려는 앞뒤로 적을 맞는 형편에 처하여 국세가 이미 험악하였으니 하물며 남생·남건의 분열을 더함에랴. 연개소문의 죽음이 이와 같이 고구려뿐 아니라 곧 백제의 홍망에까지도 지대한 관계가 있으므로 옛 역사에 잘못 적은 연개소문의 죽은 해를 정정한다.

동국거걸 최도통전

동국거걸(東國巨傑) 최도통전(崔都統傳)

제1장 서 론

생전에는 그 징과 북이 향하는 곳에 산이 날고 바다가 서는 듯하더니 사후에는 구원 황초(九原黃艸)에 옛 자취가 처량하며, 생전에는 그가 지휘를 정한 곳에 하늘이 개어 해가 밝더니 사후에는 두어 줄 역사에 영검한 빛이 적막하여, 나라에 열렬하고 깨끗한 늠름 충혈은 개 같은 놈들의 헛된 말을 받아들여 천지에 비쳐 빛나는 당당한 전훈은 소경 사가의 말살을 만나고, 무정한 한 덩이의 붉은 무덤만 청산에 우뚝한 것 — 우리 동국 절대 거걸 최도통이 아닌가.

다행이라. 우리 나라 근세에 최도통 한 사람이 있었도다. 불행이러라. 우리 나라 근세에 최도통 한 사람만 있었도다. 우리 왕성하게 무(武)를 숭상한 부여족으로 근세에 이르러서는 그 명성과 영광이 갑자기 떨어져 겨우 최도통 한 사람이 있으니 어찌 이렇게 불행함이 있으리오마는 그러나 최도통 한 사람으로 인하여 족히 국사를 빛내며 우리 부여족의 정신이 죽지 않음을 증명하리니 또 어찌 하나의 큰 다행이 아니라 하리오.

우리들이 우리 국사를 읽다가 단군 35세기 전조(前朝) 원종 이후로부터 근세에 이르기까지 무릇 7백여 년 동안의 일을 보니, 성난 머리털이 갑자기 서고 분한 주먹이 자주 쥐어져 일부 사책을 한장 한장 찢어서 불 속에 던지려 한 것이 여러 차례 되었다. 대개 이 7백년 동안은 우리 동국 산하에 하늘의 해가 아주 캄캄하게 어두웠으며 천기가 참혹하고 흉악한 시대라 단군·부루의 거룩한 유적을 쓸어 없앴으며, 고구려·발해의 유산을 다 팔아서 일대 노예 지옥을 조성하였다. 그 가운데에 앉아서 나는 임금이라 너는 신하라 하고, 나는 벼슬아치라 너는 백성이라 하며, 나는 재상이라 너는 대장이라 하고, 나는 유현(儒賢)이라 너는 청류(淸流)라 하며, 나는 정치가라 너는 외교가라 하고, 나는 시가(詩家)라 너는 문학가라 하였다. 평화시에는 노예의 혀를 숙련하며 유사시에는 노예의 무릎을 일제히 굽혀 대원(大元)·대명(大明)·대청(大淸) 등 상전 택호가 여러 번 변하니 송구·영신의 예절이 번거롭고 소방(小邦)·소조(小朝)·소신(小臣) 등 하천(下賤) 명칭이 이미 버릇되어 독립 자존의 정신이 쇠멸하였다.

아, 이는 암흑 시대의 비열한 마귀들의 소굴이라.

저 소위 성현이 어떤 물건이며, 저 소위 영웅이 어떤 인물이며, 또한 저 소위 충신·열사가 또 어떤 인물인가. 노예의 눈으로 보면 그가 과연 성현이며, 그가 과연 영웅이며, 그가 과연 충신·열사이나 만일 한 걸음을 나아가서 천부의 순결한 독립심을 가지고 이를 보면 이도 한 노예이며 그도 한 노예이다.

무릇 이 7백여 년 역사는 다만 미욱하고 어리석은 노예 두뇌로 꽉 찬 역사이니 이 7백여 년 역사를 읽으매 내가 우리 국민을 위하여 슬피 부르짖는 소리가 지구를 움직이는도다. 그러하니 이 7백여 년 역사상에는 과연 한두 사람도 능히 국가의 정신을 발휘하여 외국을 숭배하는 어리석은 꿈을 타파하고 우리 단군 자손의 진면목을 본 이가 없는가.

말한다. 내가 이에 분개심을 품고 13도 산하를 뒤집으며 반천년 인물을 모조리 찾아서 긴 밤의 구름 낀 하늘에 새어 비치는 밝은 별을 차례로 세어 보았다. 그랬더니 책상이 적막하고 등불이 깜박이는데 갑자기 눈의 정기가 샛별과 같이 번쩍이며, 머리털은 낱낱이 하늘을 향하여 촘촘히 선 일대 걸장부가 내 눈앞에 의젓하게 서 있으니 아, 이가 내가 자나깨나 숭배하던 최도통이로다.

최도통의 죽음이 이제 5백년을 이미 지났으나 나의 눈 속에는 최도통의 모습이 두루 나타나며, 나의 귀 속에는 최도통의 말씀이 길이 들리는도다. 우리 최도통이여. 내 눈뿐 아니라 우리 2천만 사람들의 눈에 친숙하게 나타나며 내 귀뿐 아니라 우리 2천만 사람의 귀에 두루 들릴 것이다. 몇 백년 이래의 우리 나라 사람이 비열한 마귀의 낯짝만 보고 공(公)의 모습은 못 보았으며 비열한 무리들의 음성만 듣고 공의 음성은 못 들었으므로 이 위대한 국민이 갑자기 비열한 국민이 되었다.

동해의 어룡도 공의 성자(姓字)를 오히려 기억하며 먼 들의 초목도 공의 거룩한 이름을 오히려 두려워하는데, 이 신령스럽고 슬기로운 국민으로 하여금 공의 면목을 모두 잊게 함은 어찌 노예 무리 사가의 허물이 아닌가. 역사에 최도통의 북벌 한 가지 일을 논하였으되 첫째 부도덕한 늙은이라 하며 둘째 광망(狂妄)이라 하여 최도통의 일신을 저주하고 욕함이 이르지 않는 바가 없다. 너희들이 아무리 욕을 퍼부은들 어찌 최도통의 털 하나를 손상시키리오마는 그러나 최도통은 단군의 어진 자손이며 부여족의 대표다. 그 입으로 쌓인 요기를 호통쳐 제거하며 그 손으로 지는 해를 붙들어 돌이키고 위풍 있고 번쩍번쩍한 대검을 휘둘러 국가의 독립을 부르짖은 이였다. 그러하니 우리 국민된 자가 사람마다 공을 신주처럼 보며 사람마다 공을 꿈꾸며 사람마다 공이 품은 목적과 같이 전진하였으면 우리 나라의 빛이 천지에 훤히 비쳐 동서 열국이 감히 와서 업신여기지 못했을거늘. 슬프다.

공의 면목이 너희들의 저주하고 욕하는 소리에 가리어 우리 국민이 공을 마침내 잊어버리고 공의 의지를 계승한 사람이 없었으니 너희들의 죄는 죽여야 옳으리라.

최도통이 이전에 말하기를 '내가 나랏일을 밤중에 홀로 계획하고 이튿날 아침에 도당(都堂)에 나가 여러 재상에게 말하니 한 사람도 나와 같은 마음을 가진 자가 없었다' 하였으니 슬프도다, 그 말이여. 70평생에 마음과 힘을 다하여 국사를 도모하되, 뜻을 같이 하는 자 하나를 얻지 못하고 외손뼉으로 울렸도다. 비록 그러하지만 나는 당시 수백 조관에 동심자가 없었음을 슬퍼하지 않고 뒷날 5백년 동안 수백 억조 국민에게 공의 동심자가 없음을 슬퍼한다. 한때 공의 동심자가 없음은 공의 마음만 괴로웠을 뿐이거니와, 5백년에 공의 동심자가 없었으매 국민의 치욕이 잦았다. 한때 공의 동심자가 없음은 공의 힘만 쇠했을 뿐이거니와, 5백년 동안에 공의 동심자가 없었으매 국민의 고통이 깊었도다. 아, 일시 공의 동심자가 없음은 한 고려 왕조의 불행이거니와, 5백년 이래로 공의 동심자가 없음은 곧 우리 대동(大東) 전국의 불행이로다.

내가 한두 해 전에 관동(館洞)에서 노는데 단청이 깨끗한 작은 사당집이 동의 오른쪽에 있어 주민에게 물으니 최대감이라 하였다. 내가 그 유상(遺像)에 엄

숙히 참배하니 그 번쩍이는 두 눈이 아직도 요동을 향하여 흘겨보는 듯하더라.

나는 이때에 서글프게 탄식하며 '애석(哀惜)하도다. 공이 무슨 까닭으로 여기에 계시는가. 공이 무슨 까닭으로 여기에 계실까. 당년 동정북벌(東征北伐)의 필마 장창을 버리고 여기에 오셔서 한두 요사스런 무당이 병을 고친다고 기도하며 복을 빌게 하니 공의 혼령이 있으면 당연코 어떤 감정이 생길까. 그러나 만일 우리 국민이 미신으로 공에게 절하지 말고 바른 믿음으로 공에게 절하며 사사로운 복을 받으려고 공에게 기도하지 말고 공공의 복을 공에게 빌면 가히 국민의 고통을 면하고 행복을 얻을진저.'

침침하게 어두운 티끌이 공의 역사를 오래 가리움이 이내가 통한하는 바라. 그러므로 조야의 사승(史乘)을 찾으며 민간의 구비(口碑)를 가려 내어 공의 마음에 생각한 일을 써서 내고자 하니, 모든 우리 동국거걸 최도통전을 읽는 피 끓는 국민아.

제2장 최도통 이전의 우리 겨레와 외국 민족

우리 부여족이 흑룡강 영고탑(寧古塔) 등지에서 생성하여 불어나 대개 2천여 년을 지나 삼국 시대에 이르매, 비로소 우리 동국 전토와 요동·심양 각처에 분포하여 남·북 두 대부(大部)를 이루었다. 남부는 한강 이남에서 발달한 것이고 북부는 압록강 이북에

80

서 발달한 것이 이것이다.

이 남·북 두 대부 중간에 중국 민족이 와서 번식하여 기씨(箕氏) 이래로 점차 강성해져 그 자손들이 우리 남부를 침입하게 되었다. 또 그 본부의 중국이 그들의 실력을 충족할 때에는 항상 우리 겨레와 부딪쳐 서로 겨루게 되니 이것이 우리 부여족의 제1 적국이고 우리의 북부와 인접한 유연(柔然)·선비(鮮卑)·거란·몽골 등의 민족이 때때로 일어나서 우리 겨레와 대항하며 또 혹은 중국 북부 전토를 후리쳐 빼앗아 가져서 그 남은 병력으로 우리를 노려보니, 이것이 우리 부여족의 제2 적국이다. 동경(東經) 129도 조선해협에 갈대 잎만큼 좁은 물을 건너서 이어 뻗친 작은 섬 셋이 있으니 그 이름을 일본이라 한다. 저 일본족을 어떤 이는 옛 백제의 한 갈래 자손으로 인정한다. 그러나 그들의 언어·풍속이 우리 겨레와 판이하고 또 수천여 년을 우리 나라에 대하여 해상 진출의 장애물이 되었으니 어찌 동족으로 간주함이 옳겠는가. 이것이 제3 적국이다.

피비린내 나는 고전을 계속하여 단군 27, 8세기경 삼국 말엽에 이르러 두 손을 잠시 거두고 전쟁 후의 큰 판국을 회고하니 적들이 낱낱이 백기를 세워 우리 부여족의 완승에 넘겨 준 것이었다. 동명왕·대무신왕·광개토왕·부분노(扶芬奴)·온달·을지문덕의 누차 소탕·평정을 거쳐, 낙랑·임둔에 널리 퍼진 기씨

(箕氏)·위씨(衛氏)·최씨·장씨(張氏) 등 중국 민족이 혹은 항복하고 혹은 달아났다. 숙신씨(肅愼氏)·모용씨(慕容氏), 주(周)의 우문씨(宇文氏), 수(隋)의 보륙씨(普六氏) 등 각 오랑캐 민족이 서로 잇달아 패망한 뒤, 절대 영웅 연개소문이 일어나서 산을 옮기고 바다를 엎을 웅략으로 동서 각 민족을 정복하며 명검 용천(龍泉)의 광채가 하늘에 번쩍이는 오대도(五大刀)를 휘둘러 중국 아이들의 울음을 멈추게 하였으니, 이는 우리 북부 민족의 신령스러운 광채이다. 비류(沸流)·온조·박혁거세·석탈해·진무(眞武)·거칠부(居柒夫)의 역대 경영을 거쳐 본주의 각 부락이 통일되었다. 해외의 다른 민족이 모두 물러가고 멀리 달아난 뒤에 태종무열왕 같은 거룩한 임금과 김유신 같은 어진 재상이 함께 나와서 천년 해적의 행패를 싹 쓸어버리고자 하여 만리길에 군사를 통솔하고 동쪽 바다의 끝에 깊이 들어가 대판(大阪)을 바로 공격하여 성하(城下)의 맹(盟)을 체결하였다. 그리하여 저 3천년 동안, 땅이 험한 천연 요새를 과시하는 일본 아이들의 교만한 주둥아리를 꺾었으니 이는 우리 남부 민족의 신령스런 광채이다.

아, 위대하다. 이때 우리 부여족의 역사여. 대개 고대의 가장 명예스러운 역사로다. 그러나 이때에 우리 민족을 위하여 한 점 유한을 품은 것이 있으니 동족을 합하여 다른 민족을 물리치지 못하고 도리어 다른 민족을 불러 동쪽을 해침이 이것이다.

대개 남·북 두 부가 서로 원수로 여김은 고구려·신라 중엽으로부터 이미 그러하더니 그 말엽에 이르러서는 거의 빙탄(氷炭)과 같아서 전쟁이 잇달아서 쉬는 날이 없었고 김유신의 현명함으로도 당병(唐兵)을 끌어들여 고구려를 치기를 도모하였다. 고구려가 망하고 발해가 일어나매 그 화가 차츰 그쳤으나, 끝내 동족을 서로 사랑하는 마음이 전혀 없어 흥망에 안부를 물음이 없었다. 고려 태조가 건국할 때 발해가 거란에 함락되어 압록강 이서에는 우리 단군 자손의 소식이 드디어 끊어졌으니 슬프도다. 북부는 곧 우리 겨레가 발상한 옛 땅일 뿐더러 또한 대동 전국의 목구멍이라 할 수 있으니, 이를 획득하거든 전력으로 지키며 이를 잃을 지경이면 전력으로 투쟁함이 옳았다. 그렇거늘 이전에 단군 이후 3천여 년 전수하던 강토를 다른 민족의 말등에 실어 보내고 한 모퉁이에 파리하게 앉아서 은둔 생활을 영위코자 하니 어찌 가련하지 아니한가.

발해가 멸망하던 날이 고려 태조가 창업한 날이다. 그 왕성하게 일어나는 기운을 타고 한창 강한 군마를 몰아쳐 동족의 원수를 씻을 때였거늘 이때를 한 번 놓쳤다. 강감찬이 구주의 전투에서 거란을 대파하매 그 명성과 위세가 송화강 이동에 진동하여 발해 유민의 귀를 깨우쳤으니, 승전의 여세를 의뢰하여 멀리

치달아 나아가서 떠돌아 다니며 호소할 데 없는 동족 (발해 유민)을 불러 와서 부여의 옛 강토를 회복할 때 였거늘 두 번째 때를 놓쳤다. 다만 어리석어 깨달음 이 없는 비루한 선비들만 모아 놓고 쇄국 정책을 첫 째라고 가르쳤다. 아, 경쟁은 사람의 천직이며 생활 하는 자본이다. 그러므로 천직을 잊고 자본을 버리면 파리하여 사경(死境)에 반드시 듦은 개인도 그러하고 한 나라도 그러하니 이와 같이 경쟁에 미지근한 국민 이 어찌 안락·무사함을 얻겠는가. 이제 크고 깊은 재앙이 좌우에서 번갈아 침입하는도다.

저 거란이 발해를 이미 획득하매 참으로 우쭐거리 며 우리 나라를 침입할 때이니 어찌 구주에서 한 번 패함으로 인하여 무장을 풀겠는가. 다만 남쪽으로 중 국에 사정이 있고, 북으로 발해 유민 중에 보복을 도 모하는 자들이 아직도 많으므로 동국 침범할 겨를이 없었던 것이다. 요(遼 : 거란)가 망하매 여진이 그 땅 을 대신 소유하여 중국의 송을 멸하고 몽골과 티베트 를 통어하여 대금제국을 창건하니, 이제 우리의 근심 이 바야흐로 커졌으나 다행히 그들은 원래 우리 부여 족의 지파(支派)였다. 그러므로 오아속(烏鴉束)이 말 하기를 '고려는 우리 부모국이다' 하고, 아골타(阿骨 打)는 말하기를 '고려는 우리 조상이 난 곳이다' 하 여 한 화살도 우리에게 쏜 일이 없으니 동족의 관념 에 말미암음이 아닌가. 그러나 이는 우리 나라의 다행이 아니라 다만 우리 나라 사람의 한때의 편안한 마음가짐을 조장함이었다.

세상을 뒤덮은 괴걸 칭기즈칸(成吉思汗)이 그 가운데 나서 국호를 '대원(大元)'이라 하고 긴 채찍으로 중국 4백만여 주(州)를 후리치며 러시아 수만 마을을 지배하니 그 병력이 이르는 곳에는 산천의 빛이 바뀌었다. 이때에 우리 나라 사람이 군사를 독려하고 말에게 꼴을 주어 먼저 적을 방어하는 용맹을 떨쳐 조상의 역사를 썩히지 않아야 했거늘 애석하도다. 저 용렬한 임금과 사나운 신하가 담장 안에서 권리를 서로 다투다가 각각 호랑이를 끌어들여 자위(自衛)하려고 문을 열어 적을 맞이하며 북변을 보호하고 막아 몽골을 여러 번 쳐부순 박서(朴犀)·최춘명(崔椿命) 등을 도리어 죄에 빠뜨려 우리 부여족의 배외(排外) 정신을 영원히 없애려 하였다. 아, 저 악마 무리의 지은 죄여, 지금까지 독자의 분한 울음을 터뜨리게 하는도다. 이는 단군 36세기경 고려 원종 재위 시대라. 악마들의 노예 근성은 더욱 자라고 외국 민족의 기세가 더욱 치열하여 우리 나라의 지옥이 날로 깊어갔다. 충렬왕 이후로는 소위 군주 및 정부는 적국의 괴뢰가 되어 생살 여탈이 그들의 손에 달려 있었다. 서북 일대의 토지는 떼어서 빼앗기기를 여러 번 당하고, 금과 비단·주옥이 적국의 조정에 날마다 들어갔으니 아, 우리 부여족이여. 누천년 전해 오는 독립심이 이와 같이 소멸하고 말 것이며, 누천년 상전하는 애국성이 이와 같이 없어지고 말 것인가. 나라는 망하고 백성은 죽었으니 하늘도 근심하고 땅도 슬퍼하도다. 판국의 형세가 37세기경 충정·공민왕 재위 시대에 이르매, 더욱 사람으로 하여금 놀라게 할 일이 있으니 저 몽골의 기세가 쇠하여 가지마는 그 강적의 말년에 더욱더 우리 나라를 압박하려 하였다. 또 중국 남방에 혁명 영웅이 봉기하는데 번번이 그 신예의 칼날을 갈아 우리 나라를 먼저 차지하려 하며, 또 저 일본의 북조가 통일의 사업을 시작하매 전대의 해묵은 치욕을 갚고자 하여 우리의 변경을 누차 침범 하니, 동서 적들의 요기가 하늘의 해를 가리고 우리 동국의 존망, 끊임과 이어짐이 순간을 다투는도다.

모든 국민이 하나하나 크게 슬픈 소리를 내어 영웅이 나오기를 기도하더니 절대 거걸 애국위인 최도통이 일어나서 우리 부여족의 고통을 구제하였다.

제3장 최도통의 전반생

최도통의 이름은 영(瑩)이다. 단기 3645년 고려 충숙왕 2년에 났으니, 본국이 몽골에게 패배하여 성하맹을 맺은 뒤 83년이고 몽골 세조 쿠빌라이(忽必烈)가 중국을 통일한 후 35년이며, 일본은 금상락(金上洛)의 일기도(一岐島) 함락 이래로 매우 분한 원한을 누르지 못하여 항상 바다에 출몰하며 우리 변방 백성을 괴롭

힌 때다. 최도통의 선대는 유학 가문이라 문학으로 이어 전하고 아버지의 이름은 원직(元直)인데 벼슬이 사헌규정(司憲糾正)에 이르렀으며 청렴·정직함으로 저명하였다.

최도통이 어릴 때에 원직이 무릎 위에 안고 그 이름을 불러 빌기를 '영아, 너는 나라를 집과 같이 사랑하라. 나라의 형편이 날로 글러짐은 모든 세상 사람이 집만 아는 까닭이다. 영아, 너는 황금을 돌과 같이 보아라. 나랏일이 날마다 글러짐은 모든 세상 사람이 황금만 사랑하는 까닭이다. 영아, 너는 무예를 배워라. 나라의 치욕이 이에 이르렀으나 한 화살을 뽑아 적에게 대항하지 못하니 네 아비가 서생(書生)됨을 한하노라. 너는 무예를 반드시 배워라' 하여 그 청정무구한 두뇌에 애국심과 상무심(尙武心)을 주입하였다. 아, 최도통의 최도통됨이 진실로 그 타고난 자질이 영민하고 탁월함에 말미암음이겠으나 또한 가정 교육의 효력이 아닌가. 또 최도통이 유학 가문의 자손으로 유학을 버리고 무예에 종사함도 또한 그 아버지의 유훈이었으리라.

충렬왕이 원(元)에 잡혔다는 비보가 오매 시장에서 모두 전을 거두어 닫았다. 최도통이 때마침 여남은 살되는 아이와 거리에 나가서 놀다가 이를 괴이하게 여겨 물으니, 한 아이가 농담으로 답하기를 '몽고 임금이 너의 임금을 구류하므로 장사꾼들이 조문하는 인사로 왔단다' 하였다. 이 몇 마디 말이 장래 구국 위인의 뇌리를 자극하였던지 이튿날 아침에 그 마을 어린이 수십 명을 모아 군대식으로 편성하고 머리털을 자른 열 살의 어린 소공자가 팔도 병마도통사라 자칭하고 의젓하게 그 가운데에 서서 삼신오령(三申五令)하며 북방으로 나아가거늘, 어떤 사람이 그까닭을 물으니 거드럭거리며 답하기를 '내가 연경(북경)에 몰아쳐 들어가서 원의 임금을 사로잡아 국위를 들날리려 한다' 하였다.

자란 뒤, 왜구가 우리 바닷가에 함부로 들어와서 노략질이 무상하니 여러 고을 사람들이 소식을 듣고 달아나며 수령으로서 싸워 방어하자는 자가 없었다. 그렇거늘 홀로 분개심을 품고 고을의 자제를 모집하여 여러 번 왜구의 침입로를 차단하여 무수히 사로잡아 목을 베었다. 이리하여 최공자(崔公子)의 용명이 원근에 떨치니, 양광도 도순문사가 예로 불러들여 휘하에 두고 궁달적(弓達赤)의 보직을 주었다.

나라를 구제하고 백성을 보호하는 정책을 품고 위로 조정에 아뢰고 아래로 동지를 불렀으나 불경이 쇠귀에 어찌 들어가리오. 훌륭한 재능은 아직 펴지지 않고 무정한 세월은 장부의 머리털만 희도록 재촉하는구나. 날랜 장군이 한 도의 순문사 막하에 머물러 10여 성상을 보내다가 공민왕 원년에 역적 조일신(趙日新)이 원의 세력을 기대어 왕위를 바꾸고자 하거늘 최도통이 안우(安祐) 등과 협력하여 잡아 죽이고 그 공으로 호군을 제수받으니 그 나이 이미 36세였다. 이 36년은 최도통의 전반생 시대인데 그 역사가 어찌 그렇게 간단하며 어찌 그리 적막한가. 예로부터 영웅의 사업은 젊을 때 터를 잡으므로 대조영(大祚榮)이 고구려 패잔병을 모아 당의 침략자 이적(李勣)을 쳐부수던 때에 그 나이를 물으매 20세에 불과하며, 김유신이 중악에서 기도를 마치고 삼국 역사에 나타나던 때에 그 나이가 17, 8세에 불과하였다. 또 나폴레옹·피터 대제가 한 나라의 정권을 장악하던 때가 모두 소년 시대거늘, 최도통의 전반생 역사는 어찌 그렇게 간단하며 어찌 그리 적막한가.

아, 대개 영웅을 논함에 불가불 그가 만난 시국의 형편과 거주하는 곳의 사회를 보아야 한다. 그 시대·사회가 영웅의 포부를 펴기 어려운 시대와 사회도 있고, 펴기 쉬운 시대·사회도 있었다. 국민의 상무 정신이 왕성한 삼국 말엽에 태어나서 대조영과 김유신되며, 열국의 혁명 풍조가 도도한 서구 근세에 태어나서 나폴레옹과 피터 대제됨이야 어찌 어려우리오마는 최도통이 만난 시대는 전국 인심의 부패·비열함이 극도에 달한 때였다. 다른 나라가 그 임금을 잡으면 그 방법이 '오호 통곡' 넉 자뿐이며, 타국이 그 토지를 떼어 가면 그 정책이 '동정을 받으려고 슬피 호소함'의 일단뿐이다. 이 따위 방법이나 정책이

거의 한 나라의 인심을 지배하여 구차한 생활로 세월을 보내는데 그 중에 비록 천지를 진동시킬 영웅이 나서 '독립·독립' 하며 크게 외친들 어찌 쉽게 그 귀를 기울이게 하리오. 이러므로 열 살 남짓한 어릴 때부터 중국에 달려 들어가서 원의 임금을 사로잡고 국위를 들날리려고 하던 최도통의 포부로 36년의 긴 세월 동안에 그가 성취한 큰 공로 있는 사업이 첫째, 왜구 몇 백급을 목 벤 것과 둘째, 조일신의 난을 토평함에 그쳤다. 아, 그러나 굽힘은 폄의 터전이고 엎드림은 도약의 근본이라, 영웅이 분발하려는데 불우함이 반드시 먼저 닥침은 그 재능을 단련하며 그 의지를 함양함이니 앞 30여 년 동안 지루하게 고달팠던 최도통이 만일 없었으면 뒤 30여 년의 우뚝하게 웅장 통쾌한 최도통이 어찌 있으리오.

독자에게 부탁하노니 이 간단·적막한 최도통의 전반생에 착안하여라.

제4장 중국의 풍운과 최도통의 북행

1. 원의 내란

풍우가 심하지 않으면 못 속의 신룡이 어찌 활약할 기회를 얻겠는가. 저 몽골 한 오랑캐 종족이 중국 북쪽에서 갑자기 일어나 중국을 병탄하며 그 남은 병력이 동국에 미치어 이 신성한 나라의 체면을 더럽힘이 백년에 이르매, 우리 부여족이 눈물과 피를 모으고 분통을 저축하여 땅속에 묻은 폭탄이 터질 날이 반드시 있을 것이다. 그러나 다만 일의 효과적인 기틀을 놓치고 파란이 쌓여 지루한 액운이 후세 독자의 머리를 아프게 하였다. 공민왕 때에 이르매, 저 몽골의 우리에 대한 구속과 억압이 더욱 혹독하여 고통과 번민의 약(藥)이 우리 동방 무사의 정신을 차츰 되살아나게 하였다. 또 소위 대원 황제·대원 승상이 모두 어리석고 나약하며 탐욕이 많고 포학하여 정치가 문란하매, 오랫동안 굽히고 있던 중국 백성도 칼을 갈며 풍운의 기회를 기다리는 이들이 더욱 많아졌다.

공민왕 2년(원 순제 지정 10년) 이후로 중국 전역의 국면이 더욱 변하여 풍우가 번갈아 일어나고 피비린내가 사방에서 났다. 제1차, 방국진(方國珍)이 태주(台州 : 절강성 태주부)에서 일어나고 제2차 유복통(劉福通)이 영평(永平 : 직례성 영평부)에서, 제3차 이이(李二)가 서주(徐州 : 강소성 서주부)에서, 제4차 서수휘(徐壽輝)·진우량(陳友諒)이 나전(羅田 : 호북성 황주부)에서, 제5차 장사성(張士誠)이 고우(高郵 : 강소성 양주부)에서, 제6차 명옥진(明玉珍)이 사천(四川)·운남(雲南)에서, 제7차 곽자흥(郭子興)·주원장(朱元璋 : 명 태조)이 호주(濠州 : 안휘성 봉양부)에서 일어나 각자 땅을 차지하여 관리를 두고 왕이라 일컫고 제(帝)라 칭하는 자가 어지러웠다.

2. 원의 징병

이때 우리 나라 정계에 '사람'이 있었으면 원과 관계를 끊고 나아가 요동을 웅거하여 대륙을 넘볼 기회를 잡을 날이었다. 아, 온 조정이 잠들어 코를 골며 강산이 꿈결과 같고, 궁중의 어지러움이 잦아 좁은 판도가 분열하려 하니 문 밖에 거둬 들일 방합과 도요새가 아무리 많으나 그 누가 이를 지나치며 묻겠는가. 다만 저 이웃집 어부의 성공에 넘겨 주었다.

원의 정부에서 각지의 소란을 토평하려고 승상 탈탈(脫脫)을 원수로 임명하여 출정하는데, 그가 아직도 엄연히 대원황제의 조서를 내려 우리에게 군사를 징발하고 겸하여 우리 나라 장수와 재상 15인을 불러 이를 협조하라 하였다. 아, 이 수많은 조정 신하들은 태반이 노예의 천한 종자라 백년 이래로 주옥 등 패물을 바친 큰 수치를 생각하지 않았다. 저 아침 이슬처럼 짧은 목숨을 겨우 보전하는 원의 정부를 호랑이같이 두려워하여 겁을 먹고 저 한 장의 얇은 종이 위에 쓴 명령을 복종하니 정승 유탁(柳濯)을 보내어 군사를 거느리고 고우의 전투에 나오라 하였다.

3. 최도통의 헌의(獻議)

최도통이 홀로 쟁의하기를 '옳지 않다. 원의 조정의 정령이 이미 쇠하여 망할 날이 멀지 않으니 우리의 구원에 도움될 것이 없다. 설령 우리의 구원으로 말미암아 그들의 망함을 흥할 수 있게 하더라도 우리가 구원하지 않음이 옳다. 왜냐, 그들은 우리의 원수인 적이다. 고종·원종이 그들에게 굴복하여 성하맹을 체결함이 어찌 마음에 즐거움이 있어 한 것이겠는가. 다만 힘이 없은 까닭이며, 백년 이래로 비굴한 말과 후한 패물로 그것을 체결함이 어찌 참된 정성에서 나왔겠는가. 또한 힘이 없은 까닭이니, 이제 그들의 쇠란을 우리가 무슨 까닭으로 구원하는가. 다만 우리가 근심할 일은 따로 있다. 원의 조정이 쇠망한 뒤에 또 어느 강자가 저 수만리의 큰 나라 땅을 차지하여 몽골이 우리에게 가한 것을 다시 가함이 이것이다. 그러므로 영은 생각하되 오늘날 우리 나라가 이 기회를 잘 타면 일곱 가지 기쁜 일이 있고, 만일 이 기회를 잘못 타면 다섯 가지 슬픈 일이 생긴다 하였다.

일곱 가지 기쁜 일이 무엇인가. 군사를 양성하고 곡식을 저축하여 나아감에 공격하여 차지할 힘이 넉넉하며 물러감에 보전하여 지킬 힘이 족하리라. 그제야 큰 군사나 적은 군사를 출동하여 제1차로 요동을 차지하고, 제2차로 심양을 차지하여 고구려와 발해의 옛 땅을 수복하리니 기쁜 일이다. 그런 뒤에 의무려산(醫巫閭山)의 요새를 의거하여 우리의 훈련이 잘 된 군사로 저 처음으로 창설한 오합의 무리를 공격하며 우리 둔전의 저축한 곡식으로 저 전쟁의 피해로 떠돌아 다니는 백성을 거두어 모으면 국위를 들날려 중국을 차지할 수 있으니 기쁜 일이다. 몽고와 관계를 끊어서 제 양공(齊襄公) 9대의 원수를 갚으니 기쁜 일이다. 이와 같이 하면 우리 나라도 또한 대국이 되리니 기쁜 일이다. 이렇게 하면 이후 중국 사람이 감히 똑바른 눈으로 우리를 엿보지 못하리니 기쁜 일이다. 옛 우리 태조 거룩하고 성스러운 대왕이 거란의 사신을 사절함은 분쟁을 일부러 일으켜 그들을 정복하고 발해 옛 땅을 거두고자 함인데, 불행히도 하늘이 거룩한 수명을 여유로 주지 않아 중도에 붕어하였으니 이는 4백년 신하의 지극한 한이다. 이제 선왕의 뜻을 이어 대업을 이룩하리니 기쁜 일이다. 고구려가 항상 중국을 병탄코자 하다가 할 수 없었는데, 이제 우리 조정이 이를 이룩하면 천고 사책에 빛나리니 기쁜 일이다. 이를 일곱 가지 기쁜 일이라 한다.

다섯 가지 슬픈 일은 무엇인가. 만일 이와 반대로 저 원 조정의 징병에 응하면 이는 원수인 적을 도와 선왕의 치욕을 잊어버림이니 슬픈 일이다. 망하려는 나라를 위하여 충성을 바치면 지혜로운 사람의 일이 아니니 슬픈 일이다. 우리의 한정된 군량을 그들의 만족할 줄 모르는 강제 요구에 응하면 국내의 큰 난을 끌어 일으킬 것이니 슬픈 일이다. 요즘에 국력을 길러 원이 어지러워진 기회를 타서 우리의 무력을 들날리지 못하고, 한갓 남의 지휘를 따라 좌우되면 이는 우리 나라로 하여금 만고의 약국을 만들게 함이니 슬픈 일이다. 우리 동국이 자고로 무력이 세기로 이름난 나라인데, 우리 왕조에 들어온 이후로 스스로를 지키기만 위주하고 나아가 차지하기를 도모하지 않다가 이러한 약국이 되었다. 이제 이렇게 좋은 기회를 또 잃으면 어찌 통분할 만한 바 아닌가. 슬프다. 이를 다섯 가지 슬픈 일이라 한다.

모르겠거니와 제공이 이 일곱 가지 기쁜 일을 행하려는지 이 다섯 가지 슬픈 일에 나아가려는지 정신을 가다듬어 비교하여 선택하소서. 영은 구구하게 간절히 빕니다.' 하였다.

이 헌의는 최도통의 일생 회포를 토해 낸 말이다. 이를 발론할 때에 눈의 정기가 사방을 쏘며, 긴 수염이 꼿꼿이 서고 눈물을 흘리며 말하였다. 저 바보나 열등한 사람도 하나같이 그의 본래 인품을 대번에 깨닫고 서로 돌아보며 찬탄하며, 헌부전서(獻部典書) 조규(趙珪)와 밀직부사(密直副使) 송광미(宋光美)는 감개하여 눈물을 뿌리며 말하기를 '우리는 완고하고 쓸모없는 선비라 꿈에도 이에 못 미쳤는데, 이제 최호군(이때 호군직에 있음)의 말을 들으니 우리 마음이 슬퍼지지 않는구나' 하였다. 그러나 당시 고려 정부를 보라. 이 헌의가 행해질까. 당시 정부의 무한 권력을 가진 이는 임금인데, 임금인즉 공민왕은 용렬하고 어리석었다. 그 다음이 총신인데 총신인즉 김용(金鏞)

은 무도하고 권모술수를 잘하며, 또 그 다음은 시중(侍中)인데, 그가 누구냐 하면 임견미(林堅味)라 용렬하고 사리에 어두우며, 또 그 아래의 신하들은 미욱하고 어리석은 노예 두뇌이니, 최도통의 열성이 비록 한때 여러 신하의 귓불은 잠깐 흔들었으나 하늘의 사자가 잠시 베푼 복음으로 어찌 저 땅에 가득 찬 악마들의 큰 지옥이 갑자기 파괴되겠는가.

얼마 안 되어 공산군(公山君) 이자송(李子松)이 최도통을 공박하기를 '만일 원의 청병을 불응하다가 그들이 성을 내어 침입하면 장차 무엇으로써 응하려 하는가' 하니 최도통이 '항거할 것이다' 하였다. 이자송이 또 '항거하면 이길 수 있겠는가' 하니 최도통은 '수 양제가 그 한창 성한 국력을 믿고 여러 백만의 대군을 일으켜 우리 나라에 침구하였는데 을지문덕이 화락하고 조용히 담소하는 사이에 그들을 크게 쳐부수어 수의 장상을 청천강 고기의 뱃속에 장사지냈거늘, 하물며 오늘날 저 헐떡이며 숨이 끊어지려는 원의 군사가 침입함을 어찌 두려워하겠는가' 하였다. 이자송이 또 말하기를 '그렇게 쉬 말해서는 안 된다. 고종조에서는 무슨 까닭으로 그들에게 굴복하였는가' 하니 최도통이 대답하되 '당시 우리 나라가 굴복한 것은 병력이 약한 원인이 아니라, 다만 간신이 정권을 잡은 까닭이니 비교하여 생각하라. 최춘명의 구주한 성의 병력으로도 쿠빌라이의 교만심을 부수지 않

있는가. 그러므로 오늘날에도 조정의 기강을 정돈하여 장수될 〈그 사람〉을 뽑으면 몽고 우(又)몽고가 침입하더라도 이를 한 번의 북을 울려 물리칠 수 있다' 하였다.

최도통이 이에 언급하매 더욱더 격분한 마음이 크게 일어 정부의 무능을 꾸짖으며 자송의 비겁하고 용렬함을 비웃어서 금기를 범하는 말이 많았다.

정도전(鄭道傳)이 우두머리로서 주장하기를 '최영은 미치광이로다. 조심하여 큰 것을 섬김은 선왕이 남긴 규범이거늘, 이를 불고하고 다른 이론을 감히 제창하는구나' 하였다.

4. 우리 장사(壯士)의 출정

최영의 말은 다 그르고 이자송의 말은 모두 옳다 하여 이에 조규·송광미 등 두어 사람 외에는 조정에 들어찬 여러 신하들이 모두 자송의 말을 따랐다. 평원군(平原君) 채아중(蔡阿中)이 말하기를 '영은 소신(小臣)인데 감히 임금 앞에 나가서 허황한 의론을 내어 인심을 미혹하니 이 말이 원에 들어가면 국가에 큰 화를 불러 일으킬 터이니 마땅히 처벌해야 합니다' 하였다. 이에 조정의 의론이 모두 붙좇아서 최도통을 귀양 보내어 죽이고자 하여 임금에게 아뢰었다.

그러나 원 순제가 부른 우리 나라 장상(將相) 15인 중에 최도통의 이름이 제12에 있었다. 만일 도우러

들어가는 날에 최도통의 이름이 없으면 원 황제의 노기를 촉발할까 염려하며, 이런 말이 퍼지면 도리어 원의 사람이 우리 나라를 의심하게 되리라 하여 의론이 드디어 그쳤다. 원병이 출발할 때 유탁이 원수가 되어 숙위병 1천과 서경 수군 3백을 인솔하고 연경에 이르러 본국사람 거류자 2만 명을 거두어 대오를 편성했는데, 이때 최도통은 대호군이 되어 이에 참전하였다.

5. 최도통과 중 현린(玄麟)의 회합

현린은 강릉 오대산의 중이다. 몸을 불교에 의탁하고 마음을 구름과 물에 부쳐 지팡이 하나와 바리때 한 벌로 온 천지에 두루 다녔다. 그를 모르는 사람은 생각하기를, 이 사람은 속세를 벗어난 승려로서 원숭이와 학을 벗삼으리라 여겼다. 그러나 기골이 장대하고 심장이 열렬하여 홀로 구세주의를 품고 속세에 돌아다니는 사람이었다. 이때에 중국의 풍운 소식이 그 귀에 들리매 선사의 혜안으로 이를 한 번 살피고자 하여 수수한 가사를 입고 아미타불을 부르며 중국 남부의 영평·고우 등지에 우거하면서 저 유복통·장사성 등의 배치를 둘러보고 본국 산천의 적막함을 한탄하였다. 이제 유탁 등 출정 군사가 연경에 이르렀다는 보도를 접하고 검을 짚고 군문에 찾아와서 전쟁에 관한 일을 방담하니 여러 장상들 중에 눈을 돌리는 이가 거의 없고 오직 최도통이 머리를 자주 끄덕이었다.

현린도 역시 최도통의 인품에 경복하여 출정하려다가 혼잣말로 '내가 여러 장상들을 보건대, 아랫사람은 자신이 살아 돌아오기만 비는 것이고, 윗사람은 적국을 위하여 힘쓰고자 한다. 이상하다. 그는 어떤 사람이기에 얼굴에 슬픈 빛을 띠었으나 몸을 빼어 귀국하기를 꾀하는 이도 아니며, 뜻을 얻어 기개가 분발하나 적을 위하여 평란을 도모하는 사람도 아니니, 아, 이 사람이 혹 우리 나라에 남아 있는 영웅 종자인가' 하였다. 이날 밤에 최도통의 군막 안에 가서 백년 이래의 국치(國恥)를 슬피 울며 천하사를 터놓고 이야기하다가 술이 얼근한 도통의 손을 잡으며 말하기를 '장군이 무슨 까닭으로 여기에 왔는가, 장군이 무슨 까닭으로 여기에 왔는가. 검을 차고 군사들 사이에 횡행함은 진실로 장부의 제일 쾌사다. 그러나 장군이 여기에 온 것은 본국을 위하여 옴이 아니고 적국을 위하여 옴이니 현린은 감히 장군을 슬퍼하노라' 하였다.

이리하여 최도통과 현린이 서로 대좌하며 눈물이 주룩주룩 흘렀다. 현린이 다시 말하기를 '몽고가 우리의 원수인 적이 됨은 장군도 이미 아는 바이니, 이 전쟁에 군사를 동원하여 저 장사성 등과 합쳐 원의 군대를 반격함이 상책이고, 머물러 관망하여 모든 군사를 돌려 귀국함이 중책이며, 오직 저 몽고의 명령에 복종하여 좌지우지되어 옛날의 상태로 삼가 지킴이 하책인데 이제 장군의 뜻을 자세히 살핀즉 하책에 나가려 하니 이것이 현린의 이해가 안 되는 바이다' 하니 도통이 개연히 말하기를 '종기를 잘라 내면 시원하나 생살을 크게 헐면 몸을 도리어 해치는 것이고, 원수인 적의 관계를 끊으면 비록 통쾌하나 시국의 현편을 이해하지 못하면 나라를 도리어 해롭게 하니 천고 영웅의 성패가 다 시국의 형편을 이해하고 못함에 관계된 것이 아닌가. 이제 영이 원 조정의 정상을 살펴보니, 간신들이 조정에 찼으며 떠돌이 도둑떼가 민간에 두루 퍼져 그 멸망이 아침저녁에 달려 있으니 이것이 우리 나라를 위하여 기뻐할 바이나, 또한 우리 나라를 위하여 근심할 바이다.

기뻐할 바는 무엇인가. 우리 나라를 학대하던 강적이 망하니 기쁜 것이다. 근심할 바는 무엇인가. 그 강적이 이미 망하면 그 뒤에 이어 일어날 강적이 또 있으리니 근심할 바이다. 본국이 이 기회를 타서 자강을 도모하면 장래에 국치를 영원히 씻으리니 기뻐할 바이며, 만일 유유히 한가롭게 앉아서 진취도 꾀하지 않고 보전하여 지키는 것도 생각하지 않다가는, 한 강자가 가버리면 한 강자가 또 와서 우리 나라를 다시 누르리니 근심할 바이다. 그러나 내가 본국에 있을 때 인심을 살펴보니, 이를 기쁜 일이라 하여 기뼈하는 사람도 없고 이를 근심할 바라 하여 근심하는 이가 없었다. 다만 구차한 임시 방편으로 국시(國是)를 만들며 우물쭈물 세월을 보내다가 시대가 바뀌어 일이 그릇된 뒤에 비로소 갈팡질팡하여 하류를 막고자 하는 사람뿐이니, 어찌 가석하지 않는가.

영이 여기 올 무렵에 어리석은 정책을 조정에 아뢰어 원의 청병을 마다 하고 자강하는 방도를 찾음이 옳다 하였다. 그러나 듣는 사람들이 귀담아 듣지 않아 마침내 이행하지 못했으니, 일의 기틀이 이에 이르매 영은 힘을 다하여 원의 조정을 부지코자 하였는데, 원의 조정을 힘껏 부지함은 원의 조정을 사랑함이 아니다. 만일 원의 조정이 갑자기 망하면 중국의 통일이 빠르고 중국이 통일된 뒤에는 그 세력이 또 반드시 우리 나라를 억압할 것이며 원의 조정이 오래 끌면 중국의 통일이 더디고, 그렇게 되면 우리 나라가 그 동안에 세력을 수습하기 쉬울 것이다. 그런 까닭으로 영이 이번에 힘이 미치는 데까지 원의 조정에 충성하려 한다' 하였다. 현린이 두 번 절한 뒤 말하기를 '이는 산승이 못 미친 바로다. 장군은 자애하기 바란다' 하고 새벽 닭이 운 뒤에 즉시 고별하여 나랏일에 서로 힘썼다.

6. 최도통과 원의 조정

최도통이 용병하는 방략을 계획하여 원의 승상 탈

탈에게 건의하니 탈탈은 원의 훌륭한 승상이고 슬기
와 꾀가 있는 사람이라 크게 기뻐하여 이를 따랐다.
또 선봉대를 최도통에게 주어 장사성을 치는데, 27회
의 전투에 모두 이겨 고우성을 에워싸다가 탈탈이 모
함을 당하여 군대를 해산하니 원의 조정도 참여할 수
없었다. 그러나 최도통은 기어이 원의 난리 일부분을
평정한 연후에 환국코자 하여 편지로 원의 황제에게
간하기를 '이제 여러 적들 가운데 주원장·장사성이
가장 강하오니, 그들과의 충돌은 준안로(准安路)가 제
일 주요합니다. 영은 본국 군사를 인솔하여 이들을
옮겨 방어하기를 원합니다' 하니 원의 황제가 윤허하
였다.

  도통이 드디어 준안로에 옮겨 진을 옮겨 팔리장(八
里莊)에서 여러 번 싸웠는데, 주원장이 전함 8천 척
을 거느리고 침입하거늘 도통이 혈전 여섯 밤낮으로
싸워 이들을 물리쳤다. 원장이 군사 10만을 동원하여
재침입하거늘 도통이 높은 곳에 올라 바라보니 적선
떼가 바다를 덮었다. 도통은 웃으며 '적군이 비록 많
으나 그 배가 정돈되지 않았으니 이를 쳐부수기 쉽
다' 하였다. 적은 군사를 먼저 내보내고 대군을 뒤로
이어 격렬히 싸우는데, 아침에 시작하여 저녁때에 이
르니 적병의 시체에서 나온 피가 바다를 벌겋게 하였
다. 주원장은 저 혼자 말을 타고 달아나고 최도통도
몸에 두어 군데 상처를 입었다. 이 전투에 최도통이

아니었다면 준안이 함락되었을 것이며, 그렇게 되었으면 북경이 무너졌으리라. 대개 몽골 말년의 그 십수 년 동안 잔명을 보전한 것도 최도통의 힘이었다.

최도통이 원에 머물러 그 조정의 정치 득실을 연구하고 그 땅의 험악함과 평탄함을 살펴서, 뒷날 적을 쳐부술 방법을 잘 가르쳐 준 후에 적국을 떠나 고국에 돌아왔다.

제5장 최도통 북벌 정책의 첫 착수와 왕의 뒤엎음

허리춤의 보검을 어루만지며 장탄식을 하여 말하기를 '최영이 어느 때에나 너를 유쾌하게 시험할까' 함은 당일 최도통의 괴로운 마음에서 나온 말이었다. 중국의 풍운이 장군의 장한 마음을 도발한 지 이미 오래 되었으나 위로 임금이 흐리멍덩하고 나약하며 아래로 조정 신하들이 비열하여, 천년에 한 번 얻기 어려운 좋은 기회를 잘못 쓰더니 단군 37세기 공민왕 5년에 이르러 그 검의 한 번 시험을 겨우 허락하였다.

저 만주 전역과 요동의 한 지경은 3천년 동안 우리나라가 대대로 서로 전한 강토로서 발해가 망한 뒤 다른 나라에 드디어 넘어간 것이다. 고려 4백년 동안에 불행히 대대로 흐리멍덩하고 용렬한 주권자를 만나서, 북벌을 실행하던 윤관(尹瓘)을 헐뜯어 깎아 내리고, 북벌을 다시 제창하던 왕가도(王可道)를 귀양 보냈으며, 우리 민족의 외국 경쟁력을 억제하여 한때의 작은 꿈도 이 땅에 감히 못 이르게 하더니, 말엽에 나쁜 종자들이 더욱 왕성하여 몽골이 일어나서 우리 황해·함경 두 도의 반쪽을 떼어 가게 되었다. 그러나 그 백여 년 동안 인물들이 다만 한 조각 종이에다 '복걸(伏乞)·복망(伏望)' 등의 글자를 가득하게 써서 이를 돌려 주기를 바라고 감히 철혈 정략을 내어 이를 수복코자 한 사람은 하나도 없었다. 그러더니 최도통이 원에서 돌아오매 곧 공민왕을 설득하여, '나라의 강토가 북쪽 오랑캐의 소유가 됨에 지사의 분개함이 오래입니다. 이제 그들의 운이 쇠해진 틈을 타서 북벌군을 일으키면 천년 유한을 하루아침에 씻을 수 있으리오니, 상감께서는 그럴 뜻이 없습니까' 하였다. 공민왕이 비록 용렬하나 또한 원 조정의 간섭에 쌓이고 쌓인 분한 마음을 품은 이라 갑자기 답하기를 '짐도 그런 뜻이 있으나 다만 그 강한 원을 누가 대적하리오' 하였다.

최도통이 이어 원 정부의 겁 많고 나약함과 중국 전역의 분란한 현상을 늘어 놓아 필승의 방법을 증명하고 또 '옛 강토를 수복함에 적의 대소·강약을 따짐은 옳지 않습니다' 하였다. 왕이 크게 기뻐하여 인당(印璫)을 서북면 병마사로 임명하고 최영을 부(副)로 하며 유인우(柳仁雨)를 동북면 병마사로 임명하고 황천보(黃天甫)를 부로 삼았다. 기마병과 보병 1만 2

천을 인솔하고 앞장서서 나가는데, 최도통이 군사를 잠복하여 몰래 덮치고자 하여 인당과 밤낮으로 달려 압록강에 이르렀다. 그때에 조정의 역신으로 적국의 앞잡이된 자들이 많아서 군사 기밀을 이미 알렸으므로 원의 사람들이 수만 명의 군사를 거느리고 압록강을 의거하여 지키고 있었다.

최도통이 힘세고 헤엄 잘 치는 사람 둘을 뽑아 밤중에 강을 건너게 하여 원의 군사 부대 뒤에 나가 횃불을 들며 '고려 군사들이 이미 강을 건넜다'고 크게 외치니 원의 병사들이 드디어 놀라 무너졌다. 인당이 최도통과 강을 건너 원의 초소 세 곳을 쳐부수고 나아가 파사부(婆娑府)를 함락하니 요동 땅이 크게 진동하고 중앙과 지방의 백성들이 모두 최도통의 씩씩한 명성을 두려워하여 '호두장군(虎頭將軍)'이라 전하여 불렀다. 다시 진군하여 원의 초소 다섯 곳을 쳐부수고 심양부를 에워쌌는데, 순찰자가 한 벼슬아치를 체포하니 원 조정의 사자였다. 아마도 원의 순제가 우리 군사의 북벌 소식을 듣고 몹시 놀라서 보낸 힐문 사자였으리라.

최도통이 말하기를 '이 사람을 죽임이 옳다. 지금 상감의 뜻이 확고하지 않은데, 만일 이 사람이 와서 무슨 위협적인 말을 하면 상감의 마음이 반드시 중도에 변하여 북벌의 일이 드디어 무너질 것이다. 영의 생각으로는 이 사람을 군사들 앞에서 목 베고 글을 원의 임금에게 보내어 서로 단절할 뜻을 보여 양국 사신의 내왕이 없어야 큰 공을 이룰 수 있을 것이오' 하니 인당이 우물쭈물하다가 마침내 말하기를 '두 나라가 전쟁으로 대결하매 사신은 그 중간에 둔다 하니, 우리 나라가 용병의 초에 어찌 사신을 죽여 후세에 웃음을 남기리오' 하고, 이를 드디어 놓아 주었다. 최도통이 혀를 차며 크게 탄식하여 말하기를 '미숙한 사람이 대공을 파괴하는구나, 미숙한 사람이 대공을 파괴하는구나' 하였다.

　과연 원의 사자가 도읍에 이르매 임금이 전례대로 나가 맞이하니, 원의 사자가 군사를 일으켜 강토를 침입한 이유를 따져 물으며 또 '지금 황제가 진로하여 장군 동수(董壽)를 명하여 대병 80만을 일으켜 불일내에 압록강을 건넙니다' 하니, 이는 모두 헛소리 공갈이고 실제가 아니었다. 이때에 중국이 어지러워 원에서는 국내 도둑 떼를 소탕함에도 그 병력이 모자라거늘, 어느 겨를에 80만 군사를 일으켜 우리 나라에 오겠는가. 이는 삼척동자라도 헤아릴 수 있는 것인데, 애석하다. 저 성질이 어리석고 겁이 많은 국왕과 오랜 버릇에 젖은 비열한 여러 신하들은 이 말에 겁을 먹었다. 그리하여 안색이 변하고 넋을 잃어 눈이 휘둥그레져서, 서로 돌아보며 저 80만 대적이 도읍에 이미 다가온 것처럼 놀라고 두려워하니 그 광경이 실로 가소로웠다.

이러한 지 얼마 안 되어 임금이 한 가지 묘책을 생각해 내고 크게 기뻐하며 원의 사자에게 말하기를 '이 일은 과연 과인이 모르는 바로다' 하였다. 원의 사자가 '어찌 국왕으로서 이 일을 모른다 합니까' 하니, 임금이 답하기를 '인당이 서북 병마의 권한을 잡고 장난하여 감히 순제를 범하는 일을 저지른 것이지 과인은 모르오' 하였다. 원의 사자가 '그러면 이 사람을 무슨 까닭으로 벌을 주지 않습니까' 하니, 임금이 말하기를 '사자를 이미 보내어 이 사람의 죄를 의론하오' 하였다. 원의 사자가 '왕께서는 좋게 처리하시오. 그렇지 않으면 저 80만 대군이 아침저녁 사이에 귀국에 이를 터이니, 왕이 무슨 재주로 막고자 합니까' 하고 곧 떠나갔다.

임금이 이에 잘 달리는 사람을 뽑아 길을 따라 빨리 달려 인당을 불러 들이는데, 사자가 이르니 인당이 소명을 받고 서글프게 탄식하여 말하기를 '이제 대왕이 공을 거의 이뤘거늘 무슨 까닭으로 나를 갑자기 부르는가' 하며, 한참 동안 슬퍼하였다.

대개 이때에 심양부의 방어병이 열세하여 성의 함락이 조석에 달려 있었으며, 요동 수십 주가 우리 군사의 위엄과 신의를 듣고 잇달아 귀순했다. 원의 조정은 남쪽 지방의 유적에게 전력하므로 동쪽을 돌볼 겨를이 없었으니, 이때가 우리 나라에서 발해의 옛 강토를 수복할 큰 기회였거늘, 애석하다. 저 잔약한

임금과 용렬한 신하들이 원 사자의 한 번 공갈에 놀
라 겁을 내어, 거의 이뤄진 공을 버리고 장군을 불러
들이니 인당의 탄식함이 참으로 마땅하다. 그러나 접
때 최도통의 말을 들었으면 어찌 이 지경에 이르렀으
리오. 이때에 유인우도 동북 8주·5진(鎭)을 수복하
고 다시 북진하다가 또한 불러 돌아왔다.

'가면 가고 말면 말지, 영남(嶺南)의 박정한 낭군을
따라갈까.' 이 한 구는 천고에 상심한 사람의 말이
다. 박정한 낭군을 따르면 절대가인(絕代佳人)도 소박
을 당하며, 이랬다저랬다 믿을 수 없는 임금과 함께
일을 하면 세상을 뒤덮을 영웅도 낭패를 당하리니,
이 말을 믿지 못하거든 공민왕을 볼지어다.

이때에 북벌한 여러 장수들이 조정에 아룀 없이 자
의로 군사를 일으켰더라도, 옛 강토를 회복하여 선왕
의 유한을 씻었으니 이를 의(義)라 하여 표창하며 공
이라 하여 포상함이 옳았으리라. 더구나 왕명으로 출
정하여 왕명으로 반군하였으며 공이 있고 죄가 없는
서북병마사 인당이 무슨 까닭으로 죽었느냐. 군대가
평양에 돌아오매 사자가 칙명이라 일컫고 인당을 잡
아 들이거늘 그 죄를 물으니, 말하기를 '왕명을 받지
않고 병마를 함부로 움직였음이 그 하나이고, 대국을
침범하여 국경의 소란을 일으켰음이 그 둘이라' 하
고, 드디어 참형(斬刑)에 처하니 육군(六軍)이 모두
슬피 울었다. 대개 공민왕이 원 사자의 위협 공갈에

떨어져 관군을 불러들임은 최도통이 미처 헤아린 바이거니와, 인당을 목 베어 원에 사죄함은 최도통이 미처 생각하지 못한 것이다.

아, 훌륭한 두 장군이 꼬삐를 나란히 하여 함께 나가서 말머리 앞 전쟁에서 나랏일을 함께 모의하다가 그는 참사하고 나는 홀로 살았으니, 최도통의 심사가 과연 어떠했겠는가. 또 인당이 적군의 칼에 죽었거나 죄를 범하여 죽었으면 오히려 옳거니와 지금 그렇지 않아 공을 세워 죽었으니, 최도통의 심사가 과연 어떠하였겠는가. 최도통이 왕의 이랬다저랬다함을 한탄하며 인당의 무고한 참형을 슬퍼하고 하늘과 땅을 부앙하니 세상일이 생각에서 사라졌다. 상소하여 작록을 조정에 돌려 주고 인(印)끈을 풀어 사자에게 부치니 어제의 서북병마사가 갑자기 성남의 한 백성이 되었다. 그리하여 시사를 돌아보지 않고 산천을 벗삼아 한가로운 생애를 보내고자 하여 지팡이 하나와 표주박 한 개로 유유히 홀로 가버렸다.

제6장 두 적국의 서로 침입과 최도통의 재기

최도통이 버슬을 버린 때는 공민왕 5년 추칠월이다. 용맹 있는 이가 멀리 가버렸으니 국가가 어찌 편안할까. 왜구가 횡행하여 바닷가의 변방에 아침저녁으로 침범하며 중국 남부의 홍건적이 크게 왕성하여 날로 우리 나라에 입구한다는 소문이 나니, 고려 조정 군신의 침식이 불안하였다.

공민왕이 여러 신하들과 조회하다가 탄식하여 말하기를 '나라의 위태로움이 이러하되 의지할 만한 훌륭한 장수가 하나도 없구나' 하니, 시중 드는 신하 정희계(鄭熙啓)가 아뢰기를 '폐하께서 등용하지 않으실지언정 쓰신다면 어찌 그런 사람이 없겠습니까' 하였다. '그런 사람이 있으면 짐이 어찌 쓰지 않으리오. 또 그런 사람이 누구인가 말해 보라' 하니 '신의 생각으로는 전 서북병마부사 최영이 집안 대대로 충효하며 중앙과 지방에 이름이 알려져 있사오니 이가 그 사람입니다' 하였다. 왕이 말하기를 '영의 충성과 지혜는 짐도 잘 아는 바이거니와, 다만 그 사람이 짐을 버리고 불만을 품고 멀리 가버렸으니, 어찌 다시 오기를 즐거워하리오' 하자, 희계가 아뢰기를 '신이 이전에 영의 사람됨을 보니 번번이 국난이 있을 때마다 팔을 걷어 붙이고 이를 갈며 반드시 보복하기를 기약하였습니다. 더구나 오늘날 동서의 경보가 연거퍼 있사온데, 폐하께서 명하여 부르시면 반드시 기쁘게 소명에 응할 것입니다' 하였다. 왕은 '그렇다. 지금 여기 있는 사람들은 최영보다 뛰어난 자가 없다' 하고, 최도통에게 서해평양이성강계체복사(西海平壤泥城江界體覆使)를 주어 명하여 불러들였다.

이때에 최도통은 어디에 있었던가. 벼슬을 버린 뒤 국내의 유명한 산천을 두루 다녔다. 석다산(石多山)에 올라서 을지문덕의 유적을 슬퍼하며, 압록강에 다다라 연개소문의 장한 자취를 우러러보았다. 서쪽으로 요동의 들판을 바라보며 온달의 웅략을 상상하고, 북으로 읍루(挹婁)를 의거한 대조영의 꽃다운 자취를 그리워하며 허벅지를 만지며 불우한 영웅의 신세를 곡하였다. 세월이 번개처럼 번뜩하여 나라를 떠난 뒤 16개월을 이미 지나고 공민왕 6년 10월이 되었다. 최도통이 유랑 생활로 서북 산천을 두루 돌아다니다가 또 심심하여 평양에 돌아왔다. 작년에 인당이 참형당한 곳에 조문하고, 버들에 눈이 내리는 계절을 느끼며 성중에 가끔 나가니 의관이 허술하고 모습이 꺼칠하여 일반 주민들이 당년 호두장군의 면목을 기억하는 이가 없었다. 천천히 걸어서 영명사(永明寺)에 올라 전각을 두루 살펴보고, 노래를 지어 난간에 의지하여 홀로 부르기를 '까마귀 눈비 맞아 희는 듯 검노매라. 야광명월이 밤인들 어두우랴. 님 향한 일편단심이야 가실 줄이 있으랴.' 하였다.

노래가 끝났을 때다. 한 젊은 중이 나와서 말하기를 '이상하다. 절간이 적막한데 누가 속세의 노래를 부르는가' 하여, 최도통이 머리를 돌리니 전에 알던 사람인 듯하였다. 중이 눈을 감고 묵상하더니 갑자기 맞이하여 절하며 손을 내밀어 잡으며 '장군이여, 어디를 거쳐 여기에 오셨어요. 소승은 고우 전쟁에 뵌 현승이올시다' 하였다. 도통이 답하기를 '장검 필마로 전쟁터에 몰아 달리던 지난 일을 다 잊었더니, 이제 그대를 만나니 갑자기 감촉되는구나' 하였는데, 외모는 중과 속인이 판이하나 충정(衷情)은 마음속으로 생각하는 바가 서로 통하였다.

최도통이 현린의 등을 어루만지고 시사를 논하며 지난 일을 늘어 놓고, 자기가 나라를 떠난 이유를 이야기하는데 눈물이 턱에 이어졌다. 현린은 크게 나무라며 '나도 당시에 민간에 떠도는 말로 이 일을 대략 들었거니와, 장군의 불우함이 이렇게까지 된 것은 참으로 뜻밖입니다. 장군이 한 임금의 나약함으로 인하여 나랏일이 결딴남을 돌보지 않고, 조정 신료들의 줏대 없음으로 인하여 국민의 도탄을 돌보지 않음이 무슨 뜻입니까' 하였다. 최도통은 머리를 수그리고 말하지 않았다. 현린이 또 말하기를 '하늘이 장군을 낳은 것은 허다한 알력과 험난, 비참한 원한과 울분을 전승하여 우리 국가를 중건케 함입니다. 다만 이에 사소한 불평으로 화를 내고 물러나와서 산야에서 늙으라 함이 아닙니다' 하였다. 그러나 최도통이 오히려 잠잠하여 말이 없었다. 현린이 이에 크게 탄식하여 말하기를 '요즘에 조정의 소식을 들은즉, 왜구가 자주 침입하며 홍건적이 또 엿보아 나라가 곧 망할 듯하니, 뒷날에 장군은 망국 대부가 되고 소승은 망국 승려가 되어, 이와 같이 석양의 외로운 절에서 서로 대하면 그 심회가 어떻겠습니까' 하니, 최도통이 이에 눈물을 주르르 흘리며 '그렇다, 그렇고말고. 여기까지 영의 생각이 미치지 못한 것이다. 이제 훌륭한 말을 들으니, 내 마음이 슬퍼짐을 억누르지 못하겠구나' 하였다.

드디어 하산하기를 결심하고 평양성에 머무르더니, 곧 서해평양 이성강계 체복사의 임명을 받아서 입경하였다. 공손히 삼가 절하니 임금이 말하기를 '경을 못 만난 지가 겨우 1주년인데 경의 머리털이 더 희어졌구나' 하니, 최도통이 대답하기를 '신의 머리털은 비록 희었으나 신의 마음은 오히려 붉은 빛이오니, 적을 근심하지 마옵소서. 하오나 신이 지극히 통분한 마음이 있사와 이제 죽음을 무릅쓰고 이를 말씀드립니다. 본조 3백여 년 이래로 조정에 일정한 국시가 있사오니, 작은 외적이 침입하면 달아나고 대적이 침노하면 맞이하여 항복함이 이것입니다. 그러므로 작은 섬의 왜구만 들어와도 몇 군이 텅 비고, 북쪽에 한 강국이 일어나면 금과 비단을 날로 실어 가고 감히 한 걸음도 항쟁하기를 생각지 못하오니 이는 비록 살아 있으나 죽은 것과 같사오며 비록 존속하나 멸망함과 같습니다.

충렬왕 이후로 나라 임금이 세 번 집정하여 강토가 반이나 없어지고, 폐하 즉위 후에도 강한 이웃 나라의 위협을 여러 번 당하였사오니 폐하께서는 생각해 보십시오. 평화시에는 군왕이니 성주(聖主)니 폐하라

하여, 한 번 호령을 발하매 신하와 백성이 추종하니 과연 한 나라 임금의 위엄이라 하겠습니다. 하오나 일조에 북방 사신이 들어오면 온 나라가 크게 놀라서 그들이 또 무엇을 구하는가 또 뭣을 찾는가, 또 어디로 임금을 잡아 가는가 하여, 군자는 지붕을 쳐다보고 눈물만 흘리며 소인은 기회를 타서 화란을 선동하니, 폐하의 임금됨이 또한 어찌 즐겁겠습니까.

제가 이를 비분하여 밤중에 베개를 어루만지며 나라를 강하게 하여 외구를 쳐부술 방법을 생각하오니 제1은 정령을 정돈함이고, 제2는 강토를 개척함입니다. 정령에 대하여는 신이 무인으로서 함부로 논함이 옳지 않거니와 강토 개척에 대한 방책은 신이 지난날 조정에 여러 번 헌의하고, 또 작년에 인당과 함께 착수했던 것입니다. 인당이 죽지 않았더라면 저 원의 조정이 시끄러울 때를 타서 멀리 북쪽으로 밀고 들어가 요동과 심양을 의거하여 원의 병사 침입로를 막았을 것입니다. 그런 뒤에 적당한 때를 보아 연경을 차지하면 우리 나라의 위령이 천하에 진동하여 몽고가 손을 거둬들이고 왜구가 자취를 감추어 사방의 오랑캐가 싸우지 않고 모두 불복하였으리니 이는 천년에 한 번 있는 기회였습니다. 애석합니다.

조정 신하들이 용렬·나약하여 원의 사자 한 번 공갈에 겁을 먹고 이미 개척한 강토를 돌려 주고 공을 세운 우두머리를 목 베어 죽였습니다. 아, 본국의 미약함이 오래 되었고, 또 폐하 곁에 시종하며 군인의 사기를 이와 같이 꺾었습니다. 장래 또 온 나라가 서로 이끌어 충용을 경계하며 전쟁의 공을 웃으리오니 적이 있은들 누가 방어하려 하겠습니까. 삼가 바라옵건대, 폐하께서는 살피시어 인당의 죽음을 마땅히 구휼하시고 충의가 있는 사람을 포상하소서. 신은 충효의 후손이라 어찌 나라를 위하여 한 번 죽음을 아끼리오마는 인당의 전철을 다시 밟기를 신이 원하지 않습니다' 하였다.

임금이 서서 귀를 기울여 듣더니 그가 나가니 눈짓을 보내며 말하기를 '이 공(公)이 어거지가 세고 만만하지 않으나 참으로 충직함일 뿐 다른 것은 없다' 하고, 유사(有司)에게 명하여 인당의 집을 후하게 도와 주었다.

최도통이 부임하니 왜함 수백척이 오차포(五叉蒲)에 입구하였다. 군사를 매복하여 지세가 험한 곳으로 유인하여 이들을 모두 죽이고 군사를 훈련하여 적을 막는 방법을 청하였으나, 조정의 견제가 많아서 그 뜻한 바를 다 시행하지 못하고 교체되어 돌아왔다.

제7장 양차 홍적 변란의 최도통

최도통이 항상 말한 바와 같이, 북방에 강적이 일어나매 우리 나라를 반드시 누름은 곧 우리 나라 역사상에 여러 번 보인 예가 되었다. 내가 이를 두 종류로 나누어 관찰하였다. 수 양제, 당 태종과 같이 중국 전역을 통합한 뒤에 큰 것을 좋아하고 공 세우기 기뻐하는 마음으로 우리 나라에 입구하는 것이 제1종류이고, 요 성종(遼聖宗), 청 태종과 같이 중국을 통일하기 전에 남쪽에서 엿보는 근심을 끊고자 하여 우리 나라에 침입하는 것이 제2종류이다. 홍건적은 본래 제2종류에 속하는 것이지만 그 세력이 강하기로는 거의 제1종류로 볼 것이다.

당시 중국 혁명파 중에 장사성은 일개 자신을 방어하는 적에 불과하며, 진우량(陳友諒)은 아직 뿌리가 약함을 면치 못하며, 원의 정부는 그 숨이 곧 끊어지려 하는데 유독 홍건적 일파 유복통 등이 기예가 왕성하여 중국 중부에서 기회를 노렸다. 국호를 '명(明)'이라 하고 연호를 '용봉'이라 하며 전군이 붉은 수건으로 머리를 싸매어 식별하므로 세상 사람이 '홍건적'이라 하였다. 그들이 여러 차례 사신을 보내어 허실을 정탐하며, 자문(咨文)을 보내고 예물을 바쳐 친신하는 뜻을 거짓으로 표하더니 끝내 한 번의 온 힘을 다하여 우리 나라에 침입하였다. 그러나 홍건적은 저 역대 북쪽 외구와 크게 다른 점이 있었다. 대개 역대 북쪽 외구의 첫 착수는 성하맹을 맺어 형제의 의(義)를 증명하고는 갑자기 날아가듯하여 자기의 위력만 보일 뿐이었는데, 홍적의 행동은 오로지 그렇잖아 우리 나라를 평정하여 군·현을 만들고 자기들 백성을 옮겨 퍼뜨리고자 하니 그 성질이 임진 왜구와 다름이 없었다. 만일 최도통 및 세 원수가 아니었다면 우리 나라를 어찌 유지하였겠는가. 아래에 이를 상론하리라.

제1차 서경 전쟁

최도통이 서북 보장을 맡고 있을 때 부지런히 적의 방비를 강구하여 1년 동안의 짧은 세월에 그 효력을 많이 나타내었다. 최도통이 그 임직에 조금 오래 있었거나, 아니면 후계자가 그 약속을 한결같이 준수하였으면 홍적의 침입에 싸우면 이길 수 있고 물러가면 치킬수 있었거늘 애석하다, 고려 정부의 짧은 생각이여. 첫째는 최도통이 1년도 안 되어 갑자기 갈리었으며, 둘째는 후계자가 모두 탐욕하고 무능한 무리였으니, 그 패배가 실로 마땅하였다.

최도통이 조정으로 돌아온 이튿날에 길게 상소하여 서북 요해처에 그 사람을 가려 맡김이 옳다고 하였으나 온 조정 신하들이 이미 어두워 귀를 가리었다. 공민왕 8년에 홍적이 자문을 보냈는데 이르기를 '대개 백성이 오랫동안 호(胡 : 몽고)에 함락되었다고 여겼더니 의병을 불러 일으켜 중원을 수복한다. 동쪽으로 제(齊)와 노(魯)를 넘고, 서쪽으로 함(函)·진(秦)을 나와, 남쪽으로 민(閩)·광(廣)을 지나 북쪽으로 유(幽)·연(燕)에 이르기까지 모두 다 붙좇고 있다. 굶주리는 사람은 양식을 얻고 병자는 약을 구하였으니, 이제 여러 장수들에게 엄하게 경계하여 백성을 괴롭힘이 없게 하라. 귀화하는 백성은 위로하고 미혹되어 항거하는 자는 벌하리라' 하였다.

적의 승상 모거경(毛居敬)이 무리 4만을 이끌고 얼음 위로 압록강을 건너서 의주를 함락하고, 부사(副使) 주영세(朱永世)를 죽였으며, 정(靜)·인(麟) 2주(州)를 함락하고 도지휘사 김원봉(金元鳳)을 죽였다. 서경 군민(西京軍民) 만호 안우(安祐)와 병마 비장 이방실(李芳實)이 군사 천명으로 항전하다가 중과부적으로 패환하니 서경이 드디어 함락하고 도읍이 크게 웅성거렸다. 모거경이 서경에 들어와서 성문을 둘러보고 한탄하여 말하기를 '이런 강산에 내가 너무 늦게 왔구나' 하고, 한편으로 군사를 출동시켜 각군을 잇달아 함락하며 한편으로는 휘하 장졸로 그 침입하여 차지한 군·현을 지켰다.

이듬해 정월에 임금이 최영을 서북면 병마사, 안우를 안주군민 도만호, 이방실을 상만호로 임명하여 적을 진격하였다. 최영이 명을 받고 길을 따라 질주하여 철화역(鐵化驛)에 이르니, 그때에 몹시 춥고 군량이 또 적어서 군사들이 넘어지고 슬피 울며 쉬기를 원하였다. 영이 울며 타이르기를 '지금 대적의 날뜀이 이러하여 서북 인사들로 참혹하게 죽은 사람이 수만이 될 것이며, 길에 떠돌아다니는 사람이 수십만이 될 것이다. 또 적이 한 걸음 더 나아오면 도읍이 지척이라, 만일 불행하면 화가 사직에 미치고 우리들의 부모·가족도 그들의 손에 죽으리니 어찌 일시인들 편히 앉아서 적을 키우게 하겠는가. 너희들은 굶주림과 추위를 또 참고 나의 말 뒤를 따라라’ 하고, 말을 채찍질하여 전진하니 군사들은 눈물을 흘리며 따르기를 원하였다. 서경에 가서 군대를 조금 출동하여 적을 시험하니, 적군이 출성하여 앞다투어 덤비는데, 드디어 모든 병사들이 돌격하여 이를 크게 쳐부수고 서경을 수복하였다. 동북면 천호 정신계(丁臣桂)와 중랑장 유당(柳塘)이 마침 이르러 힘을 합쳐 진격하였다. 함종(咸從)에 뒤쫓아가서 적 2만 급을 베고 적의 우두머리를 사로잡으니, 적이 달아나서 압록강에 이르렀다. 이방실이 이른 아침밥을 먹고 이들을 뒤쫓다가 사람과 말이 피곤하므로 중지하였으나, 이 전쟁에 적이 크게 무찔리어 안주·철주 등의 사이에 시체가 즐비하였다.

군사들이 돌아와서 논공하는데 안우는 평장정사(平章政事), 영은 좌산기 상시(左散騎常侍), 방실은 추밀원 부사를 임명하였다. 홍적이 또 전함 70척을 거느리고 서해도를 범하거늘 이방실의 용략으로 요격하여 3천 급을 베니 적이 달아나버렸다.

제 2 차 송경(松京) 전쟁

외구가 날로 심한데 의자궁의 취몽은 깊어 가고 나라 안이 어지러운데 포석정에 기생의 풍류가 바야흐로 한창이니, 예로부터 국가를 망친 임금은 한 바퀴에 서로 이어졌다. 홍적이 이미 물러가니 임금은 생각하기를, 자기의 복록이 길고 멀므로 이를 이루었다 하여 놀이를 수없이 하였다. 신하들 중에 간혹 나아가 간하면 모두 물리치고 군비를 절감하여 이는 난계(亂階)라 하였다. 공민왕 10년에 적이 다시 침범하니 실제 수효는 알 수 없으나 적이 스스로 1백 10만군이라 하며 압록강을 건너서 삭주에 침입하였다. 그러자 갑자기 군사를 모집하여 안우를 상원수, 이방실을 도병마사로 임명하여 진격·방어하는데, 우와 방실이 비록 용감하나 이 새로 모집한 훈련 안 된 군사로 어찌 강한 외구를 방어할 수 있겠는가. 안주읍에서 한번 패하고 절령책(岊嶺柵)에서 다시 패배하니, 경보(警報)가 도읍에 이르렀다.

최도통이 총병관 김용(金鏞)과 함께 금교역(金郊驛)에 나가 주둔하다가, 적세의 급함을 탐지하고 달려 돌아와서 숙위병으로 출정하기를 아뢰어 청하였다. 임금은 몹시 놀라 말하기를 '적군이 이미 가까이 왔는가' 하고, 재상과 백관을 불러 피란을 도모하고 성중의 늙은이와 어린 아이, 부녀자를 먼저 나가라 하니 인심이 흉흉하였다. 임금이 나가는데 최도통이 대가 앞에 서서 크게 외쳐 간하기를 '폐하께서 잠깐 머물러 장정을 모집하여 도읍을 지키소서' 하니, 임금과 재상이 잠잠하여 말이 없었다. 이미 안우·이방실 등이 또한 도읍을 지키고자 하여 달려왔는데, 사람들이 이미 흩어져 불러 모으지 못하고 각 군(郡)에 나누어 나가 의병을 모집하였다.

임금이 드디어 남쪽으로 달아나는데, 숭인문(崇仁門)에 나가니 늙은이와 어린 아이가 너머지고 엎어지며, 아들과 어미가 서로 버리고 곡성이 들에 널리 펴져서 하늘의 해가 수심에 잠기고 비참하게 보였다. 적이 입성하더니 원수 주원장(朱元璋 : 명 태조)이 호령하기를 '이런 살기 좋은 곳을 다시 얻기 어려우니 너희들은 잘 지켜라' 하고, 마소의 껍질을 성에 펼치고 물을 받아 빙판을 만드니 사람이 오르지 못하였다. 임금이 복주(福州)로 가서 정세운(鄭世雲)을 총병관으로 임명하여 모든 군사를 지휘하게 하였다. 공민왕 11년에 세운이 안우·이방실·최영·김득배(金得培)·이여경(李餘慶)·황상(黃裳)·한방신(韓方信)·안우경(安遇慶)·이구수(李龜壽) 등과 20만군을 통솔하고 진격하여 도읍을 수복하는데, 때마침 눈·비가 후려쳤다. 여러 장수들이 모두 말하기를 '병사들이 추위에 얼어서 진격하기 어려우니 조금 쉬는 것이 좋겠다' 하니, 최도통이 말하기를 '그렇지 않다. 우리 군사가 추위에 얼면 적군도 그러할 것이니, 이 추위를 참을 수 있는 사람이 승리할 것이다. 무엇을 걱정하는가’ 하였다.

이여경 휘하 호군 권희(權僖)가 이 말에 찬성하여 ‘상시(常侍)의 말씀이 옳다’ 하고, 또 말하기를 ‘적의 정예가 모두 동성에 모여 있음을 내가 염탐하여 알았으니 불의에 출동하여 이들을 공격하면 이길 수 있다’ 하였다. 이튿날 먼동이 틀 때 희가 수십 기를 거느리고 북을 울리며 돌입하고 여러 장수들이 그 뒤를 급격하였다. 날이 저물도록 혈전하여 적의 승상원수 사류관(沙劉關) 선생을 목 베고 적의 머리 10여 만 급을 거두니 얼어 죽은 시체가 성에 가득하며 원의 황제 옥새 1, 금보 1, 왕인(王印) 3, 금·은·동 인패(印牌)와 기타 말·수레 따위에 실은 짐을 노획함이 무수하였다. 숭인·탄현(炭峴) 두 대문을 열고 나머지 적을 쫓게 하니, 쓸쓸한 미늘 떨어진 갑옷 차림의 패잔병들이 또한 수백 리를 잇달아 말발굽 소리와 창·방패가 서로 닿는 소리가 밤 새도록 끊이지 않았다.

최영이 총병관을 설득하기를 ‘홍적은 북국(중국) 여러 적들 중에 가장 강한 자들이다. 그러나 이제 여러 수백만의 군량을 들어 일패도지의 혹독함을 만났으니, 지금 우리 나라가 만일 전승한 여세를 타서 군사를 독려하여 북진하면 적의 근거인 연(燕)·제(齊) 전역이 몹시 놀라서 파죽지세를 만남과 같아질 것이다. 연·제의 땅을 획득하면 이를 의지하여 매우 강한 세력으로 북국 전토를 차지하면 저 북국의 여러 적들이 일시에 겁을 내어 감히 대항하지 못할 것이다. 이때 격문을 한 번 전하여 천하를 평정할 수 있으니 총병의 생각이 어떠한가' 하니, 세운이 술을 마시다가 기뻐하는 얼굴로 말하기를 '그러하도다, 상시의 말이여. 나도 이런 뜻을 품고 속으로 혼자 계획 중이나 동지가 없음을 한하였더니 이제 공의 말을 들으매 내 마음이 시원하도다' 하였다.

이리하여 두 장군이 의논을 합하여 몰래 북벌을 도모하는데 정세운이 말하기를 '상소한 뒤에 출병함이 옳을걸' 하니, 최영이 말하기를 '그렇게 하면 왕복이 지연되고 일의 효과적인 기틀이 해이하여 적군은 남은 병력을 수습하며 우리는 예기가 정체하여 성사하기가 매우 어렵다. 이제 계획하건대 군사를 재촉하여 북으로 건너가서 의무려산의 요새를 의지하고 요동의 군량으로 대세가 정해진 후에 아뢰면 조정이 허락하지 않으려 해도 할 수 없을 테니 이것이 상책이다' 하였다.

세운이 도통의 손을 잡고 그 훌륭한 의견에 탄복하였다. 최영이 또 말하기를 '지금 평양에 있는 승려 통섭(統攝) 현린이 승군 3백을 거느리고 적을 치려고 도읍 근처에 머무르고 있는데, 이 사람은 아주 대담하고 지략이 또 훌륭하니 불러 물어봄이 좋겠다' 하니 세운이 허락하고 군령으로 현린을 불러들였다. 몸에 속세의 때가 묻지 않은 낡은 가사를 입고 머리에는 구름과 학처럼 깨끗한 새 백납(白衲)을 쓴 차림으로 표연히 한 석장(錫杖)으로 군문을 두들겼다. 용모를 보면 그가 세상 일에 무관한 일개 산중 노승이지만 생각하는 일을 물으면 이때 당년의 거룩한 뜻을 품고 중국의 풍운을 관찰하던 현린 선사이니, 이 사람이 어찌 무심히 왔겠는가. 문지기 병사가 들어와서 알리니, 총병관 정세운이 자리를 비워 놓고 맞이하였다. 자리에 앉자 좌우쪽을 다 막으니 장막 밖에는 나팔 소리만 들리고 장막 안에는 군대용 등잔을 하나 드리웠는데, 등불 아래에 마주 앉아 있는 이들은 천하 영웅 나(정세운)·너(최영)·그(현린) 3인뿐이었다.

정세운이 말하기를 '선사. 올해에 입구하는 북적을 쳐부수어도 명년에 또 입구하며, 명년에 입구하는 북적을 쳐부쉬도 우명년에 또 입구한다. 비유하자면 봄철에 밭의 풀을 나날이 베어도 날마다 그 싹이 나는 것과 같으니, 만일 그 뿌리를 뽑지 않고 가지나 잎에 일을 하면 이는 헛된 수고로 무익하다. 이제 내가 최공과 의논하여 적의 소굴을 없애려 하나 필승의 계책을 터득하지 못했으므로 선사의 고견을 묻는다' 하였다. 현린이 말하기를 '예. 원수의 말씀이 참으로 맞습니다. 본조가 적국을 방어함에 유일한 방법이 있으니 적이 오면 이들을 따르고 적이 가버리면 이를 염탐하여 방어만 하고 공격은 없으니 이는 스스로 곤란을 겪는 방법입니다. 그러므로 현린도 늘 이를 한탄하는 바입니다. 다만 병법에 승패의 방도를 말씀 드리면 반드시 임금은 도가 있고 장수는 유능해야 하며, 또 옛 사람이 말하기를 간신이 조정 안에 없어야 대장은 바깥에서 공을 이룰 수 있다고 하였습니다. 원수께서 지금의 조정을 보십시오. 군덕이 어떠하며 신도(臣道)가 어떻습니까. 임금은 말 없이 팔짱을 끼고 있는데, 역적 김용이 권세를 제멋대로 부리니 원수의 공이 높을수록 역적의 꺼림이 깊어져 견제를 도모할 것입니다. 그러하거늘 이제 원수께서 외적만 소탕코자 하고 일신에 화가 미칠 일은 헤아리지 않으니 그 마음은 과연 충성입니다마는 잘 생각하십시오. 원수께서 별세한 뒤에 누가 다시 국가를 위하여 힘쓸 것입니까. 그러므로 현린은 원수께서 이 군사를 이끌고 임금 측근의 악을 제거한다는 명분으로 무기를 돌려 저 간사하고 패덕한 정부를 혁신하여 내적을 평정한 뒤에 외적을 토벌하면 일이 순조롭고 공을 이루기 쉬우리라고 생각합니다. 이제 이와 반대로 조정 정치의 무너짐이야 어떤 지경에 이르든지 이는 불문하고 바깥쪽에 향하여 외적을 소탕코자 하니, 이는 옛말에 이른바 거꾸로 시행함입니다. 큰 강을 건너지 아니하여 여우와 살쾡이가 성공을 시기하며 귀신과 도깨비가 큰일을 막으리니, 원수께서 비록 충성하고 지혜로

우나 장차 무슨 재주로 이를 방비하겠습니까. 북벌은 대계이나 내치가 더욱 급하니 원컨대 원수께서는 유의하여 선후의 차례를 잃지 마소서’ 하였다.

아, 예로부터 대성철·대영웅의 수단으로도 가끔 그 만난 사회의 습관 범위를 전혀 타파하지 못하여 스스로 제 근심을 남겼다는 비웃음거리가 되는 것이다. 곧 최도통·정총병은 같은 세상에 쌍으로 난 큰 영웅이 아닌가마는 고려 당시의 썩어빠진 의리로 스스로를 묶어 거의 다 이룬 공을 마무리하지 못하고 국민의 액을 구제하지 못하였다. 현린이 산승의 입으로 그렇게 당당한 대론을 말하였거늘, 정공은 도리어 몹시 놀라 성내어 말하기를 ‘네가 일개 화상(중)으로 감히 이렇게 무도한 말을 하는구나. 내 칼집에 새로 간 큰 검이 있으니, 너를 물리침이 외로운 병아리와 썩은 쥐 같도다’ 하였다. 현린이 냉소를 지으며 물러나가고 최공은 말 없이 앉아 있었다.

아, 슬프도다. 이 전쟁의 앞날도 알 수 있겠다. 그 임금으로는 공민이 재위하며 그 신하로는 김용이 권세를 오로지하니 어찌 큰 공을 완성할 수 있겠는가. 아, 소국으로 대(大)를 섬긴다는 쓸모 없는 선비의 그릇된 의리를 공이 이미 타파하고 전쟁에 관한 일을 말하기 꺼리던 시대 풍속의 굳어진 버릇을 공이 이미 타파하였건마는 유독 이 임금과 신하들은 아직도 타파하지 못하여 아홉 길 높이로 쌓는 산에 들인 공을 한 삼태기의 흙이 모자라 못 이루었다.

살펴보건대 현린은 성현 중 호걸이며 호걸 중 성현이로다. 구름이 걷히고 비가 개니 그 떠나감이 표연하고, 어지러운 시국에 그가 빨리 왔으니 봉인가, 학인가. 이는 과연 어떤 사람인가. 최도통과 합하여 전함이 실로 부끄러움이 없다마는, 애석하다. 그 역사가 잔결하여 그 사람의 전체를 묘사할 길이 없도다. 그러나 그 역량과 기백은 내가 경솔히 평하지 못하거니와, 내적을 소탕·평정하라는 한 마디 말을 살펴보건대, 그 눈의 크기가 최도통보다 지나친다.

이튿날 정세운이 최영과 모든 군사를 갈라 통솔하여 길을 나누어 출병할 일을 계획하였다. 이날 밤에 김용이 밀지를 속여 안우·이방실·김득배 등의 장수들이 정세운을 죽이고 얼마 있다가 임금에게 아뢰어 또 원수를 마음대로 죽였다는 죄로 안우 등 셋을 모두 목 베니, 간신은 여전히 날뛰고 훌륭한 사람은 숨어버렸다. 애석하다. 하룻밤 사이에 이러한 큰 변화를 겪었으니 최도통이 비록 다행히 살았으나 누구와 더불어 북벌을 도모하리오. 이러므로 연개소문이 외적을 칠 때 용렬한 임금을 먼저 쫓아내었거늘 거걸 최도통의 안목으로 이 점은 미처 못 보았다. 이번 이 거사뿐 아니라 즉 최도통에 대한 온 편의 모자란 유감이 이것 아닌가. 아름다운 옥의 티를 내가 감히 가려 덮지 못하겠다.

　정세운이 제2의 인당이 되자 최도통은 현린과 함께 몹시 슬퍼하고 한 사람은 조정으로 돌아가고 한 사람은 절간으로 갔으니 누가 중국 풍운의 변한 상태를 묻겠는가. 홍적이 우리 나라에서 패잔한 이래로 재기할 여력이 없어 몽골의 기세가 다시 왕성해지며 또 홍적의 장수 주원장이 봉양(鳳陽)에서 자립하여 점점 강대해지더니, 이가 뒷날 명의 태조황제가 되었다.

　고찰하건대 최·정 양공이 현린의 말을 받아들여 정부를 개혁한 뒤에 그 군사를 북쪽으로 향하였거나 또 김용이 속인 밀지의 화가 일어나지 않아 최·정 양공이 홍적을 끝까지 추격하여 세력을 중국 남부에 심었으면, 주원장이 어디에서 일어났으리오. 아, 큰 공로가 있는 사업의 성패를 아무리 사람을 쓰는 일이라 하나, 그 또한 천운이 있나보다.

　제8장 최도통의 몽고 방어책

　고려조와 몽골의 관계는 제2, 3장에 약설한 바이거니와 이 최도통 제8장은 관계를 한 칼로 자르는 구획의 으뜸이다. 이왕의 사실을 상세히 벌여 놓지 않으면 최도통의 번쩍이는 수단을 볼 수 없다. 그러므로 저자가 눈물과 먹을 섞어 최도통 이전 치욕적인 역사를 써서 길게 노래하여 최도통 이후 명예적인 역사를 말하니 주의하여 똑똑히 들어라, 독자여.

　대개 고려 원종 이후 백여 년은 우리 나라의 주권

이 어디 있으며 강토가 어디 있었는가. 외면은 의엿하게 고려 왕조가 있고 3천리의 땅이 있었다. 그러나 그 내용을 살펴보면 이른바 국왕은 적국이 마음대로 내쫓고 앉혔으며 소위 토지는 적국이 멋대로 갈라 빼앗았으니, 이때는 국가가 망한 지 이미 오래였다. 이제 그 떼어 준 토지를 말하건대 아래와 같다. 1은 서해도(현 평양 이북 일대)니 원종 때 떼어 주고 2는 함길도(현 함경도 절반)니 충렬왕 때 떼어 주었으며 3은 제주인데 원종 때 떼어 준 것이다. 또 적국의 내쫓음을 당한 임금을 말하자면 아래와 같다. 1.충렬왕 2.충선왕 3.충혜왕 4.충숙왕 5.충목왕이다.

위의 사실을 보라. 당시 우리 나라가 존속하였는가, 멸망하였는가. 근세의 국가학자가 말하기를 국가가 되는 요소가 셋이 있는데 (1)토지 (2)국민 (3)정치 주권이라 하였다. 국토의 뺏고 줌이 남에게 달려 있었으니 이는 토지가 없음이고, 임금을 내쫓고 앉힘이 남에게 달려 있었으니 이는 주권이 없음이며, 그 나머지 있는 것은 국민뿐이었다. 그러니 국가 형체가 파괴됨이 이미 오래였을 뿐더러 또 이 무토지·무주권의 나라에서 생활하는 국민은 수족만 있고 활동은 없는 백성이며 몸뚱이만 있고 얼은 없는 백성이었다. 아, 이들을 아직도 단군 자손으로 보는 것이 옳을까. 소위 단군 자손이 아님은 아니나 이는 단군 자손의 이미 죽은 뼈이다. 이들을 아직도 부여 종족으로 보는 것이 옳을까. 소위 부여 종족이 아님은 아니나 이는 부여 종족의 이미 식은 피이다. 그 피가 이미 식고 그 뼈가 이미 죽어서 수백년 동안 무덤 속에 누워 있는 우리 백성이 어느 때에나 되살아나려는가. 이때의 우리 나라를 읽으니 책 한 장에 눈물 한 웅큼이고 두 장에 눈물 두 웅큼이더니, 갑자기 그 일점 영혼이 최도통을 의거하여 활약하도다, 최도통을 의거하여 활약하도다, 최도통을 의거하여 활약하도다.

그러나 수많은 마귀가 막아 어지럽고 온갖 위협이 쌓여 그의 우뚝하게 약진할 길을 가로막아 영웅의 머리털을 공연히 희어지게 하다가, 40년을 지나서 강서 여덟 병참을 공격 파괴하여 토지를 수복하였다. 또 10여 년을 지나서 북쪽 원의 적을 격퇴하여 주권을 완전히 돌리니, 이에 동국 사람이 바야흐로 겨우 동국 사람의 동국에 섰도다. 전번 강서 여덟 병참을 쳐부술 때에, 인당이 죽지 않고 최영이 물러나지 않았더라면, 동국의 동국됨이 벌써 빨랐을 것이다. 또 동국이 동국될 뿐 아니라 단군 옛 강토가 다물(多勿 : 고어에 강토 수복을 다물이라 함)의 경사를 거두었을 것이며 고려 백성이 독립의 위세를 날림이 어렵지 않았을 거늘, 애석하다. 저 용렬한 임금 공민의 어리석고 겁냄이 몹시 심하여, 거짓 공갈에 넋이 나가 얇은 종이쪽에 간담이 서늘하여 대장을 도리어 목 베고 호기를 드디어 잃었으므로, 오랜 실패의 세월의 겁나는 환상이 겹쳤다. 사방의 미친 적들이 다 우리 나라가 미약함을 얕보아서 왜구가 동쪽으로 들어오고 홍적(紅賊)이 서쪽에서 내침하여, 끝없이 최도통의 마음을 손상시켰다.

그런데 공민왕은 일개 흐리멍덩한 녀석이었다. 인당을 해치어 죽임을 죄 지은 줄 모르고 선덕으로 생각하며 최영의 소환을 실책인 줄 모르고 묘계로 생각하였다. 저 북쪽의 원이 옛날의 교활한 오랑캐의 종자로 우리 나라를 업신여기다가 갑자기 최영·인당 두 원수가 작은 나라의 패잔병을 몰아 감히 대국을 침범하여 여덟 병참을 격파하고 황제의 거처를 몹시 놀라게 하니 이는 몽골이 북쪽으로 들어간 이래 처음 보는 일이었다. 반드시 미칠 듯한 분노가 일시에 함께 터져, 곧장 그 큰 아가리를 벌려 우리 나라 산천을 일거에 삼켜버리지 못함을 한하였으리니, 어찌 공민왕의 한 사죄장에 그만두었겠는가. 이때 떠돌이 도둑떼가 그득하고 세상의 어지러움이 오래 끌어 국내의 큰 문제가 잦았으니, 어느 겨를에 천애 만리 동쪽 끄트머리에 대하여 옛날의 시비를 따졌겠는가. 이러므로 겉으로는 거짓으로 핑계를 대어 말하기를 '네가 인당을 목 베고, 최영을 소환하였으며 굽신거리며 사죄하므로 내가 너의 죄를 용서한다' 하였다. 만일 그 실제를 미뤄 보면 인당을 목 베어 죽이지 않아도 최영을 소환하지 않아도, 그리고 대병을 일으켜 연경을 바로 쳐도 그가 어쩔 수 없었겠거늘, 어쩔 수 없는 그를 겁내어 사죄하고 웅크린 공민왕이여.

이미 최도통이 한 번 전쟁으로 백만 홍건적을 소탕·평정하매, 저 몽골이 그 사이를 틈타서 패잔병 수습을 취하였으니 어찌 태연스레 앉아서 당시 여덟 병참이 빼앗긴 옛 치욕을 잊었겠는가. 그들의 내침이 아침저녁에 달려 있거늘, 이때에 또 건망증 걸린 사람처럼 멍청하게 앉아 있던 공민왕이여. 비록 그러하나 그들이 어쩔 수 없었을 때에는 사죄하고 그들이 어찌할 수 있을 때에는 도리어 멍청히 앉아 있은 자가 어찌 임금 한 사람뿐인가. 즉 온 조정이 다 그러하며 또 온 나라가 모두 그러했으니 나라의 쇠약함을 어찌 면하겠는가. 오직 최영·정세운과 승려 현린 세 사람이 이를 근심하여 그 전승의 남은 위세로 북방을 진압하여 홍적을 소탕하고 북쪽의 원에 또 쳐들어가려 하다가 간특하고 흉악한 자의 속임수에 빠져 정세운은 죽고 현린은 숨고 최도통은 잠잠하니 동국의 근심이 또 커졌다. 홍적이 우리 나라에서 패하여 돌아가는데 군량이 떨어져 비록 이웃 적의 침입이 없더라도 스스로 존속하지 못할 형편이니 원 승상 백안(白顔)이 이 기회를 타서 홍적을 토벌하고 남방을 차지하였다. 대개 원의 조정을 완전히 획득한 것은 곧 우리 나라가 내린 은혜였다. 그러나 그들은 그 은혜를 기억하지 않고 분함을 못 잊어 백년 이래 옛 호령으로 우리 나라를 다시 진압하는데, 그 이유는 공민왕이 기철(奇轍)을 죽임에 핑계를 대었으나 기실은 여덟 병참 잃은 묵은 치욕을 씻으려 함이었다.

수군 제1 위인 이순신전

수군 제1 위인 이순신전

수군 제1위인 이순신전

제1장 서 론

아, 섬나라의 다른 종족이 대대로 한국의 깊은 원수가 되어 지척의 거리에 독한 눈초리로 보고 오랫동안 반드시 갚아야 할 뼈에 사무친 원한을 깊이 새겼다. 한국 4천년 역사에 외국의 침범을 두루 세면 '왜구(倭寇)'라는 두 글자가 거의 십중팔구를 차지한다. 변방의 경보와 해적의 행패로 백년간의 평화 시절이 드물었다. 그들이 내침하면 놀라서 달아나고 가버리면 즐겁게 희롱하며 놀아서 침착한 수완으로 한사코 싸울 사람은 없고 일시의 임시 변통으로 좋은 계책을 세웠으니 연해변 각지에 피비린내가 끊이지 않아 단군 자손이 남긴 치욕이 극에 이르렀다.

이제 옛날에 일본과 대항할 때 족히 우리 민족의 명예를 대표할 만한 위인을 찾아본다. 퍽 오랜 옛날에 두 위인이니 고구려 광개토왕, 신라 태종왕이고 근세에 세 위인이니 김방경(金方慶)·정지(鄭地)·이순신(李舜臣)이라, 대개 다섯 사람에 불과하다. 그러나 그 시대가 가깝고 그 유적이 갖추어져 후인의 모범이 되기 가장 좋은 이는 오직 우리 이순신이며 오직 우리 이순신이다. 저자의 보잘것없는 필력으로 이공의 정신 만분지 일을 쓴다 하기 어려우나 등한하고 엉성한 옛 전기에 비하면 그 장점이 차이 나게 있으리니 아, 독자여. 눈을 돌려 나의 이순신전을 읽어라.

임진년의 일을 차마 말할 수 있을까. 당론이 조야에 치열하며 상하가 사사로운 의견에 골몰하여 밀치어 모함하게 급급한 소인들이, 담 안에서 무기로 사람 죽이는 일이 날마다 일어나니 어느 겨를에 정무를 물을 것이며 어느 겨를에 나라의 위태로움을 걱정하며 어느 겨를에 외교를 의논하며 군비를 정돈하겠는가. 소위 공(公)·경(卿)·장(將)·상(相)이 이는 다만 한 수라장에 서서 각각 자기 개인의 싸움질로 성내고 미워하여 팔을 걷어붙이고 고함 지르는 때였다. 이러므로 저 평수길(平秀吉 : 풍신수길)이란 자가 이름 없는 군사를 한 번 일으켜 우리 국경을 한 번 침입하매, 장병이 와해하고 백성이 짐승처럼 달아나서 그가 출병한 지 불과 수십일 만에 서울을 에워싸고 다가와서 무인지경같이 몰아들어왔다.

아, 화란이 일어남을 그 또 누구를 허물하랴. 피비린내와 먼지가 8도에 넘치고 불길한 기운이 동해를 가리어 전쟁이 7, 8년에 이르니, 이렇게 부패한 나라 정치와 이와 같이 흩어진 인심에 누구를 의지하여 국가를 부흥하였는가. 아, 우리 이순신의 공렬이여, 이에 상상할 수 있도다.

　제2장 이순신의 어릴 때와 젊을 때
　하늘의 짙푸름이여. 위에 있고 땅의 내림이여. 아래에 있는데 그 사이에 사는 인류는 하나의 굉장한 살벌성으로 화하여 난 것이다. 그러므로 관문을 닫고 스스로 삼가 지킴을 국시로 삼아 노자(老子)의 말과 같이 이웃 나라 사람끼리 늙어 죽도록 서로 내왕하지 않던 시대에도 이 겨레와 저 민족이 한 번 접촉하는 경우이면 해골이 구르고 피를 뿌리며 천지가 비참하고 캄캄하여 생멸·존망이 순식간에 결정되었다. 그렇거늘 하물며 세상의 변고가 더욱 크고 경쟁이 더욱 치열하여 전쟁에 쓰는 병기와 흘리는 피를 신성시하는 근세임에랴. 저 긴 소매 바람으로 천천히 걸으며 몇 백년 수신·제가·치국·평천하를 외던 자는 모두 꿈속에 헛소리하던 사람이 아닌가.
　여러 중생이 빈 손으로 왔다가 빈 손으로 가는데 병인년 강화 포성만 들으면 각각 남부여대하고 풀뿌리와 석굴을 다투어 찾으며 한 목숨을 구차히 보전하다가 마침내 살아서 유익함이 없고 죽어도 손해가 없어 거친 산에 흩어진 뼈가 초목과 함께 썩었다. 아,

바다 위의 하늘을 멀리 바라보며 3백년 전을 회상하
건대, 단신으로 아득한 파도 위에 서서 병장기를 짚
고 여러 장수를 지휘할 적에 적선이 개미떼처럼 모여
들고 포탄이 비 오듯하여도 오히려 우뚝 서서 꼼짝
않으며 하늘에 기도하여 말하기를 '이 원수를 만약
멸한다면 비록 죽더라도 유감이 없다' 하고, 그 몸을
희생하여 온 나라를 구제하던 이가 오늘날 삼척동자
까지 전하여 외우는 우리 수군삼도통제사 충무공 이
순신이 아닌가.

　사나운 풍신수길이가 졸병—그는 처음 직전신장(織
田信長)의 부하 졸병임— 중에서 떨쳐 일어나 세 섬을
통합하고 관백(關伯) 자리에 갑자기 오른 뒤 동국을
흘겨본 지 오래였다. 동래 부산에 살기(殺氣)가 날로
다가오매 단군 조상의 신령이 우리 나라에 '사람'이
없음을 슬피 한탄하여, 대적을 대항하여 나라를 보위
하는 훌륭한 인재를 내려보내셨으니 실로 선조조 을
사 3월 초8일 자시(子時)에 서울 건천동(乾川洞)에서
태어났다. 아버지의 이름은 정(貞)이고 어머니는 변
(卞)씨이며 그 할아버지는 생원 백록(百祿)이다. 이순
신을 낳으려 할 때 그 할아버지가 현몽(現夢)하고 이
이름을 주었다.

　파를 불고 대나무를 타며 뒤쫓고 왔다갔다하는 것
을 아이들의 놀이라고 예사롭게 보아 넘기지 말 것이
다. 가끔 영웅의 두각을 이런 가운데서 알아내니 대

개 이순신이 어릴 때에는 여러 아이들과 놀이함에 전진(戰陣)을 벌여 원수라 자칭하였다. 나무를 깎아 활과 화살을 손수 만들고 마을 사람들 중에 마음에 들지 않는 자가 있으면 활을 당겨 그 눈을 쏘려 하였다. 슬프다, 시대의 굳어진 풍습이 항상 호남아를 속박하여 도량이 좁은 범위 안에 주저앉혀 썩혔다. 이순신이 나타난 시대는 유학자가 나라에 가득하고 청담이 성행하였다. 그럴 뿐더러 자기의 아버지·할아버지가 대대로 유학자 가문의 인물이니 공이 비록 하늘에서 받은 군인 자격이었으나 어찌 쉽게 스스로 몸을 뺄 수 있었겠는가. 이러므로 큰형과 둘째형을 따라서 유학 수업을 하며 20년 세월을 보냈다. 비록 그러하나 장래에 바다 위의 한 조각배로 적의 목을 누르고 호남을 막아 전국 대사명(大司命)을 맡을 인물이 어찌 이 가운데서 자라나 끝마치겠는가. 개연히 붓을 던지고 무예를 학습하니 그때 나이 스물 둘이었다. 28세에 훈련원 별과에 나아가 말달리기 훈련을 하다가 말 위에서 떨어져 왼 다리가 부러지고 꽤 오래 기절하니 보는 사람들이 모두 이순신이 이미 죽었다 하는데 그가 갑자기 한 다리로 서서 버들 가지를 꺾어 그 껍질을 벗겨 상처를 싸매고 훌쩍 뛰어 말을 타니 만장이 갈채를 보냈다. 아, 이것이 비록 작은 일이지마는 대분투, 대인내하는 영웅의 인격을 상상할 것이니 저 손톱 밑에 가시 하나가 들어가도 밤 새도록 괴로워하며 입맛을 다 잃어버리는 겁쟁이들이야 무슨 일을 할 수 있겠는가.

큰 무대에 활동하는 인물은 지략만 귀하게 여길 뿐 아니라 체력도 보지 않을 수 없다. 이순신이 이전에 선영에 성묘하니 장군석이 넘어져 있는데, 아랫사람 수십명이 이를 잡아 일으키려다가 그 힘이 부치어 숨이 헐떡거렸다. 이순신이 한 번 고함쳐 물리치고 청포를 입은 채 등에 지고 가서 옛 터에 세우니 보는 사람들이 크게 놀랐다.

자라서는 어릴 때의 팔팔한 태도는 줄어들고 성격을 함양하니 동료 무부(武夫)가 종일 실없는 말로 서로 희롱하면서도 이순신에게는 감히 하지 못하였다. 비록 서울에서 생장하고 있으나 문을 닫고 출입이 드물어 무예를 홀로 연구하였으니 아, 영웅되기를 배우는 사람은 불가불 그 소양을 먼저 배워야겠다.

제3장 이순신의 출신과 그 뒤의 고난

백락(伯樂)을 만나지 못하여 준마가 소금 수레를 끌고 있는데, 무정한 세월은 장부의 머리털을 희도록 재촉하여 이순신의 나이 벌써 32세가 되었다. 이 해에 과거 시험에 겨우 합격하여 무과 급제 출신이 되니 문귀무천에 상전이 어찌 이리 많으며, 산바람과 물이 겹쳤는데 활동할 곳이 어디인가. 그 해 겨울에 함경도의 동구비보(董仇菲堡) 임시직이 되고 35세에 훈련원 봉사(奉事)로 서울에 전근했다가 또 그 해 겨울에 충청병사의 군관이 되었다. 36세에 발포(鉢浦)의 수군만호가 되었다가 이듬해에 사건에 연좌되어 파직, 그 해 가을에 훈련원 봉사로 복직하였다. 3년 만에 함경도 병사영(兵使營) 군관이 되었다가, 그 해 가을에 건원보(乾原堡) 임시직이 되니 이순신의 나이가 한 살만 더하면 40세였다.

당시 높은 벼슬아치들의 젖비린내 나는 자식들은 한 가지 재주마저 아예 없어도 오늘은 승지, 내일은 참판으로 갖옷 차림에 말을 타고 동쪽 서쪽 함부로 돌아다니고, 권문의 아첨꾼들은 한 가지 능함이 없어도 오늘은 절도사, 내일은 통제사가 되어 고관을 믿고 살찐 고기를 먹으며 안일하게 지냈다. 심지어 시골에 있는 세상 물정에 어두운 학자가 수년만 알랑거려도 백의 이조판서(白衣吏曹判書)로 역말을 타고 상경하였다. 이에 절대 위인 이순신 같은 이는 급제 후 7, 8년이 되도록 한 직급도 오르지 못하고 봉사·임시직 등 미미한 직책에 묶이어 곤궁한 경우에서 슬피 울게 하였다. 만일 지위를 일찍 얻어 재략을 시원하게 펼쳤으면 참담한 풍운을 내뿜어 길림·심양의 옛 땅을 수복하여, 고구려 광개토왕의 기공비를 중건할 수 있고 대판·살마(薩摩) 등 여러 섬을 핍박하여 신라 태종대왕의 백마총을 다시 쌓을 수도 있었을 것이다. 그렇거늘 비열한 무리가 조정에 꽉 찼으므로 동서를 정벌할 훌륭한 대장군을 좁디좁은 강산에 오래 가두어 놓았도다.

아, 남이(南怡) 장군이 백두산에 올라서 중국·일본·여진·말갈 등 각 나라를 흘겨보며 우리 나라가 미약함을 회고하고 젊은 예기(銳氣)를 누르지 못하여 시 한 수를 지었다. '백두산 돌은 칼을 갈아 다하고 두만강 물은 말에 마셔 없애야지. 사나이 스무살에 적을 평정 못하면, 후세에 누가 대장부라 칭하리오(白頭山石磨刀盡 豆滿江水飮馬無 男兒二十未平賊 後世誰稱大丈夫)' 하였는데, 이로써 마침내 그 자신이 참혹하게 죽었다. 백성이 외국과 경쟁할 사상을 이렇게 꺾었던 시절이니 영웅의 고난이 당연하였다. 그러나 이순신은 빈궁과 영달은 오로지 잊어버리고, 정의로 스스로를 의지하여 위협에 굽히지 않고 고관에게 붙좇지 않았다. 이것이 옛 사람의 이른바 '호걸이면서 성현'이로다.

훈련원 봉사로 있을 때에 병조판서 김귀영(金貴榮)에게 첩의 딸이 하나 있었는데, 첩으로 주려 하니 말하기를 '내가 벼슬길에 처음 나와 어찌 권문에 발을 붙이리오' 하고 중매인을 선 자리에서 사절하였다. 발포만호로 있을 때 좌수사 성진(成震)이 사람을 보내어 객사 마당 가운데에 있는 오동나무를 거문고 재료로 베어 가려 하거늘 '이는 관가의 물건이라 여러 해 기른 것을 하루아침에 자르는 것은 무슨 까닭이

오’ 하고 허락하지 않았다. 또 재상 유민이 훌륭한 화살통을 청구하거늘 말하기를 ‘남이 들으면 공의 받음과 나의 바침이 모두 어떻다 하겠소’ 하고 불허하며 율곡 이이(李珥)가 이조판서로 있을 때 서애(西厓) 유성룡(柳成龍)을 통하여 만나기를 청하자 ‘일가이니 만날 수 있으나 인사권이 있는 재상일 때는 만날 수 없소’ 하여 듣지 않으니, 강직과 근신으로 스스로를 지킴이 평생 동안의 주되는 취지였다. 건원보의 임시직으로 있을 때에 6진의 성 밑에서 사는 귀화 오랑캐 울지내(鬱只乃)가 변방의 환란을 일으키자 기묘한 계략으로 사로잡았더니 병사(兵使) 김우서(金偶瑞)가 그 공을 시기하여 ‘주장에게 품신하지 않고 제 마음대로 큰일을 일으켰다〔勿稟主將擅擧大事〕’고 장계(狀啓)하여 포상이 마침내 없었다. 동쪽으로 옮기고 서쪽으로 전근된 지 8년 만에 훈련 참군 1계급이 올랐는데, 부친상을 당하여 벼슬을 그만두고 3년상을 마친 뒤에 사복시(司僕侍) 주부(主簿)를 맡았는데 42세였다.

제4장 여진족을 방어하는 작은 전쟁과 조정의 인재 구함

선조 병술년에 호란이 심하므로 조정이 공을 불러 조산만호(造山萬戶)에 임명하고, 이듬해 정해에 녹둔도(鹿屯島) 둔전관을 겸임케 하였다. 이순신이 그 섬의 지형을 상세히 살펴보고 병사(兵使) 이일(李鎰)에

게 여러 번 보고하기를 '섬이 외로이 멀리 떨어져 있고 방수군이 너무 적으니, 오랑캐가 내침하면 장차 어찌하겠소' 하니, 이일이 듣지 않으며 말하기를 '태평 시대에 군사 증원을 무엇 때문에 하오' 하였다. 오래지 않아 여진족이 과연 군사를 크게 일으켜 섬을 에워쌌다. 이순신이 그들의 두목 몇을 쏘아 거꾸러뜨리고, 이운룡(李雲龍)과 추격하여 포로된 우리 군사 60여 명을 탈환하는데 전투가 치열하여 오랑캐의 화살에 왼팔을 부상하였으나 장병들이 놀랄까 염려하여 몰래 스스로 빼어버렸다. 이 비록 작은 전쟁이지만 그의 선견과 굳센 의지력을 상상할 수 있으니, 이 역시 이순신 역사에 자그마한 기념이로다.

물고기와 용이 진흙탕에 있었으니 고동과 개미에게 곤란을 겪음은 당연한 일이다. 이일도 또 하나 김우서의 화신이지 이공을 포상할 뜻은 애초에 없을 뿐더러, 자기가 그 군사 증원 불허한 것을 부끄러워하여 이순신을 죽이려 하였다. 이순신이 이일의 영을 듣고 들어가려 하는데, 전우 선거이(宣居怡)가 손을 잡고 눈물을 흘리며 술을 권하여 말하기를 '이 술에 취하면 형을 받을 때 고통을 잊으리라' 하니, 이순신이 정색하여 말하기를 '죽고 사는 것이 명에 달려 있으니 술을 마시면 뭐하겠소' 하고 드디어 들어가니 이일이 패군장(敗軍狀)을 바치라고 위협하였다. 이순신이 말하기를 '내가 군사 증원을 여러 번 청하였으나 증병을 불허한 서목(書目)이 소상하게 있는데 어찌 나를 벌하며, 또 내가 힘껏 싸워 적을 물리쳐 포로가 된 우리 군사를 빼앗아 왔거늘 어찌 패군으로 논하리오' 하고, 목소리와 얼굴빛이 함께 의젓하니 이일이 말이 막혀 다시 힐문할 수 없었으나 마침내 조정에 무고하여 직을 빼앗고 백의로 종군케 하였다. 인재가 있으면 시기를 당하고 공이 있으면 죄가 되니, 그 시기의 정세를 알 만하도다. 그러나 문충공 유성룡이 공의 재주를 깊이 감복하고 무신 중 차례를 밟지 않고 벼슬을 특별히 올려 쓸 인재라고 여러 번 천거하였다.

선조조 무자년에 정읍현감을 제수(除授)하여 태인에 겸관하니, 이때 태인에 수령이 비어 있은 지 이미 오래였다. 쌓인 공문서를 잠깐 동안에 죄다 결재하니 온 군 사람들이 죄다 놀라고 어사에게 부탁하여 조정에 글을 올려 이순신을 태인현감으로 임명해 주기를 원하는 사람들이 많았다. 아, 범처럼 굳세고 용맹스러운 장수가 수령으로 고을을 다스리는 재주도 겸전하였다. 경인년에 고사리첨사(高沙里僉使)를 제수하려다가 대간(臺諫)이 수령으로 이동해야 한다고 저지하여 그대로 임명하고, 임기가 차기 전에 만포(滿浦) 첨사를 제수하려다가 대간이 또 저지하여 그대로 임명하였다. 이듬해 신묘년에 왜구의 소식이 날로 커지매, 이제야 장수 재목을 비로소 구하니 이순신이 공을 이룰 날이 점점 이르렀다. 진도군수로 임명되더니 부임 전에 가리포진 수군절제사(加里浦鎭水軍節制使)에 임명되고 또 부임 전에 전라좌도 수군절도사로 임명하였는데 나이 47세였다.

이는 이순신이 해상에 발을 디딘 시초라 영웅이 용병할 곳을 겨우 얻었도다.

제5장 이순신의 전쟁 준비

이때를 당하여 풍신수길(豊臣秀吉)이 국내의 각 번(藩)을 한 번 채찍으로 통합하고 왕성한 야심으로 서쪽 하늘의 구름을 노려보며 사신을 보내어 우리 나라의 국내 정세를 엿보고 국서로 모욕을 자주 가하였다. 양국의 전쟁 기미가 아주 가까이 박두하였거늘 무모한 조정 신하들은 그저 편히 앉아서 왜가 침입하지 않는다고 주창하였다. 왜구가 장차 움직일 것이라고 말하는 사람도, 이는 다만 청담 거리를 만들어 그의 사절이나 목 베자 하며 명의 조정에나 알리자 하고 스스로 지켜 자립할 계책을 찾는 이가 아주 없었다. 묵묵히 한쪽 구석에 앉아서 잠을 잊어버리고 음식을 안 먹으며 뒷날 대전쟁을 예비하는 이는 오직 전라좌도 수군절도사 이순신 한 사람뿐이었다.

본영 및 속진을 지휘하여 군량을 쌓고 병기를 수리하며, 군졸을 훈련하고 해로를 자세히 관찰하여 행군 왕래의 활동 지역 위치를 말없이 정하였다. 아, 이순신이 이 직에 부임한 지 1년 만에 왜구가 일어났는데 이렇게 짧은 세월 동안의 수습으로 큰 공을 이루었다. 또 기지를 발휘해서 큰 배를 창안하여 만들었는데, 앞머리에 용두구를 설치하고 등에 뾰족한 쇠를 박았으며 배 안에서는 바깥을 엿볼 수 있으나 배의 밖에서는 안을 엿보지 못하여, 수백 적선들 가운데로 왕래하여도 끄떡없게 제작하였다. 그 모양이 거북 모양과 비슷하므로 '거북선'이라 이름하니 이것으로 왜적을 토평하여 일시에 큰 공을 이뤘을 뿐 아니라 곧 세계 철갑선의 비조(鼻祖)가 되어 서양 해군 기록에 가끔 그 이름을 적었다.

예병을 인솔하여 새재의 요새지를 지키지 못하고 탄금대에서 결딴난 신립(申砬) 장군이, 육전에만 전념하고 수군을 폐지하자고 계사(啓辭)하여 조정에서 허락코자 하니 이순신이 계사를 전하여 '해적을 막는 데는 수군이 제일이니 수륙 양전에 어느 것을 치우쳐 폐지하겠습니까' 하여 수군을 폐하지 않았다.

비록 그러하나 조정에서 수군 문제를 대수롭지 않게 여겨 있어도 좋고 없어도 좋다고 알므로 이순신이 체찰사에게 올린 글에 이르기를 '우리 나라의 방어가 곳곳에 엉성할 뿐더러 왜적이 겁내는 것이 수군인데 관찰사에게 공문을 보내어도 한 사람의 수군을 보충하지 않으며 군량 부족이 더욱 심하여 수군 문제는 장차 철폐해야 될 형편이니, 나랏일을 앞으로 어찌하

렵니까' 하였다. 또 왜변 후에 장계(狀啓)하기를 '부
산·동래 연해의 모든 장수가 배와 노를 잘 수리해서
해구에 군사를 포진하여 병력의 위세를 크게 들날리
고, 세력을 헤아려 진퇴하는 방법을 가진다면 적이
어찌 육로에 한 발짝을 나왔겠습니까. 이에 생각이
미치니 감분(感憤)을 누르지 못하겠습니다…' 하였으
니 당시 조정이 수군에 뜻이 없음을 볼 수 있고 이순
신이 그 양성·대비함에 홀로 힘썼음을 더욱 알 수
있다.

  제6장 부산 바다에 나가서 도움
  당시 육군을 살펴보건대 신립·이일 등 두셋 풋내
기가 나누어 거느리고, 수군은 원균(元均)·배설(裴
楔) 등 미친 사내가 장악하여 소위 방비가 실로 한심
하였다. 당시 전라·경상 이남에 만리성을 쌓아 중흥
기본을 일으킴이 유일하게 이순신을 의지함이었다.
그러나 이순신의 지위가 일개 수군절도사에 불과하
니, 그 직위가 매우 낮고 직권이 전라좌도를 벗어나
지 못하니 권한이 아주 작았다. 만일 수륙군 대제독
에 임명하였거나 아니면 삼도수군통제의 제수가 빨랐
다면 백 명의 풍신수길이가 오더라도 바다 밑의 고기
배때기에 장사지냈을 뿐이리라. 동래·부산 해구에
수심 어린 구름이 캄캄하고 경기·경상 각지에 봉화
가 놀라 끊어졌는데 강토를 맡은 신하가 자신을 마음

대로 할 수 없어 밤 새도록 잠들지 못하고 검을 어루만지며 꾸짖으니 노기만 맺혔도다.

임진 4월 15일에 경상우도 수군절도사 원균의 관문(關文)이 이르렀는데, 왜선 90척이 좌도 축이도(丑伊島)를 지나 부산포로 잇달아 나온다 하였다. 4월 16일 진시에 경상도 관찰사 김수(金睟)의 관문이 이르렀는데, 왜선 4백여 척이 부산포 건너편에 정박하였다 하더니 같은 날 해시에 원균의 관문을 또 접한즉 부산의 큰 진이 이미 함락되었다는 것이다. 즉시 수영의 모든 장수를 불러 진격·토벌을 의논하니, 모두 말하기를 '본도 수군은 본도나 지킬 것이지 영남의 적이 우리에게 무슨 상관인가' 하며 회피하는 자들이 매우 많았다. 그런데 광양현감 어영담(魚泳潭), 녹도(鹿島) 만호 정운(鄭運) 및 군관 송희립(宋希立) 등이 분연히 말하기를 '영남도 국토이고 영남의 왜도 나라의 적이니, 오늘 영남이 함락되면 내일에 전라는 보전할 수 있겠습니까' 하였다. 이순신이 책상을 치며 말하기를 '그렇다' 하고, 각 포의 전선을 불러 모으며 사람과 말을 나누어 거느리고 29일에 본영 앞바다에서 약속을 분명히 하여 전선이 출발하려는데 뽑아보낸 순천 수군 이언호(李彦浩)가 달려 돌아와서 보고하기를 '남해현의 현령 및 첨사가 적의 소식을 듣고 부리나케 도피하여 종적을 알 수 없으며 관청과 객사가 모두 텅 비어 밥 짓는 연기가 안 나고, 관청 창고의 곡식은 사방에 흩어지며 무기고의 병기는 땅바닥에 널널한데, 오직 병기 창고 바깥에 절름발이 한 사람이 앉아서 웁디다' 하였다. 아, 이것이 이순신이 크게 놀라 통분할 일이었다.

대개 남해는 우수영과 거리가 멀지 않아 북과 나팔 소리가 서로 들리며 앉고 서고 하는 사람의 형체도 역력히 셀 수 있는데, 모든 현민들이 이미 비었으니 본영도 적군의 환란이 박두하였도다. 그러나 본영을 앉아서 지키고자 하니 사방의 적세는 날로 커져서 8도 백성의 슬픈 울부짖음이 땅을 진동하였다. 그러한데 장수된 신하의 이름으로 좌시하여 구제하지 못하면 어질지 못함이라 그리 할 수 없고, 각지를 다 구제하려니 부산의 구원병도 소수라 매우 약하여 앞날의 승산이 아득하여 파악할 수 없는데, 만약 다시 군사를 나누면 무엇으로써 전쟁을 하겠는가. 지혜롭지 못하여 할 수 없도다. 밤중에 책상을 돌며 눈물을 흘려 방황하다가 이튿날에 장계를 올리고 부산 바다에 나아가서 원균을 구제하였다.

배의 수효가 적함 백분의 일이 못 되고 군사의 수가 적군 천분의 일이 못 되었다. 병기도 적과 같이 정밀하고 날카롭지 못하고 사기도 적처럼 씩씩하지 못하며, 전쟁 경험도 적만 못하고 물에 익숙함도 적보다 못하였다. 그러나 다만 '의(義)' 한 자로 군사들의 마음을 격려하여 각자가 적과 더불어 함께 살지 않는다는 마음으로 출정하는데, 판옥선(板屋船) 24척, 협선(挾船)이 15척, 포작선(鮑作船)이 46척이었다.

5월 4일. 첫닭이 울자 배를 띄워 급히 가는데, 가끔 지나치는 바닷가에는 쌍가마에 한 필의 말로 아내는 앞, 남편은 뒤에 타고 쓸쓸히 떠나는 자들이 서로 이어졌으니, 그들은 누구인가. 모두 평소 후한 녹으로 배불리 먹고 따뜻하게 입으며, 금옥으로 관자(貫子)를 장식한 태수며 영장(營將)이라 칭하는 인물들의 피란 행차였다.

제7장 이순신의 첫번째 전쟁(옥포)

이날에 경상도 소비포(所非浦) 바다 가운데에 진을 쳐 밤을 지키고, 그 다음 5, 6일 이틀 동안에 경상·전라 두 도의 여러 장수들이 뒤이어 많이 왔다. 한 곳에 불러 모아 약속을 되풀이하여 설명한 뒤, 거제도 송말포(松末浦) 바다 가운데에서 밤을 지내고 7일 첫새벽에 배를 출발하여 적선이 머물러 있는 곳으로 향하였다. 오시에 옥포 앞바다에 이르니 척후장 김완(金浣) 등이 신기총(神機銃)을 쏘아 앞쪽에 왜적이 있다고 알렸다. 이순신이 모든 장수들에게 단단히 일러 경계하되, 고요하고 묵직하기를 산처럼 하고 절대 함부로 움직이지 말라고 명령한 뒤 정렬하여 일제히 나아가니, 왜선 50척이 나누어 정박해 있었다. 배의 사면에 온갖 채색 무늬를 그린 장막으로 두르고 장막

가에는 붉은 색, 흰 색의 작은 기를 어지럽게 달아서 바람에 펄럭이니 눈이 어른어른하였다.

우리의 장병들이 일제히 분발하여 죽기를 작정하고 동서로 냅다 공격하니 적군이 어쩔 줄 몰라서 포탄과 화살을 맞아 피가 흘러 흥건하며, 배 안에 실은 물건을 이리저리 물에 던지고 일시에 무너져 익사자를 셀 수 없으며, 육지에 올라 달아나는 자들도 앞뒤로 이어졌다. 아군이 더욱더 분전하여 왜선 수십 척을 쳐부수고 불태워 없애니 넓은 바다에 연기와 불꽃이 하늘에 가득하였다. 산을 타고 달아난 적을 잡으려다가 산세가 험준하고 나무가 빽빽하여 발을 들여놀 곳이 없을 뿐더러 날이 저물므로 부득이 영등포(永登浦) 앞바다에 물러와 주둔하여 밤을 지내기로 계획하였다. 신시쯤에 왜의 큰 배 5척이 갑자기 와서 가까운 거리에서 흩어져 움직이거늘 즉시 김해 앞바다까지 추격·대파한 후 창원의 남포(藍浦) 앞바다에서 밤을 지냈다. 8일 이른 아침에 진해 고리량(古里梁)에서 왜선이 정박하고 있다는 소식이 오므로 즉시 배를 출발하여 고성 적진포(赤珍浦)에서 왜선 13척을 발견해서 여러 배가 돌연히 엄습하며 많은 포를 일제히 발사하여 큰 승리를 또 획득하였다.

병사들이 아침밥을 먹으려고 쉬고 있는데, 적진포 근처 주민 이신동(李信同)이란 사람이 산 위에서 우리 국기를 바라보고 어린 아이를 업은 채 엎어지고 울면서 바닷가로 오거늘, 작은 배에 태우고 적군의 종적을 물어보았다. 그가 말하기를 '왜적들이 어제 이 적진포에 이르러 사람을 죽이고 부녀자를 겁탈하며 재물은 마소로 날라 그들의 배에 실었습니다. 그러더니 밤 초경에 바다 가운데에 배를 띄우고 소를 잡아 술을 마시며 노래와 피리 소리가 새벽이 되도록 그치지 않다가, 오늘 이른 아침에 고성 등지로 갔습니다' 하였다. 또 말하기를 '저는 노모와 처자를 난중에 서로 잃어버려 몸둘 바를 모르겠습니다' 하며, 비참하게 우니 이공이 측은한 마음을 누르지 못하여 군사로 충원하려 한즉, 그 어머니와 아내를 찾을 생각으로 응하지 않았다. 이순신 등 한 부대 장병이 이 말을 들으니 더욱더 분통이 터져 일본 사람들과 한 하늘 밑에서 살지 않기로 각자 맹세하고 적진 주둔처로 향하였다.

이 전쟁에 왜적 사상자는 수천이 넘고, 우리 군사는 오직 순천 대장(代將) 이선지(李先枝)가 왼팔에 총상을 입었다.

제8장 이순신의 두 번째 전쟁(당포)

예기가 왕성한데 슬픈 소식이 갑자기 들렸다. 5월 8일. 고성 월명포에 이르러 진을 치고 병사를 쉬게 하며, 여러 장수들과 적을 쳐부술 방책을 의논하는 중이었다. 본도 도사(都事) 최철견(崔鐵堅)이 첩문(牒

文)으로 보고하기를 '적병이 서울을 이미 함락하고 임금이 평양에 피란하였다'는 것이었다. 이순신은 슬픈 눈물을 참지 못하고 성난 가슴이 찢어지려 하였다. 훌쩍 한 깃발을 펄럭이며 내지(內地)로 달려가서 적당을 소탕하고 국치를 쾌히 씻으려 하였다. 그러나 전마와 군량이 부족할 뿐더러, 수군을 철수하면 삼남 지방의 방어는 또 장차 어찌하리오. 강개하는 다혈질이 원래 영웅의 본색이나 경솔하게 함부로 설치는 것이 장수의 절실한 경계이다. 이리하여 이순신은 비분을 억누르고 본영으로 군사를 돌려서 우수군 절도사 이억기(李億祺)에게 부산의 적을 무찔러 없애자는 글을 보내어, 6월 3일에 함께 모여 적을 쳐부수기로 약속을 정하고 손꼽아 그날을 기다리는데, 그 수삼일 전에 적선 십수 척을 노량(露粱)에서 발견하였다. 그들이 많이 모여들기 전에 쳐 없앨 계획으로 전선 23척을 홀로 거느리고 노량 바다 가운데에 곧장 이르러 왜선 10척을 공격하여 잡은 후에 사천(泗川) 선창으로 향하여 나아갔다. 약 7, 8리쯤 되는 어느 산 위에서 왜적 4백여 명이 홍백기를 어지러이 꼽고 장사진을 쳤는데, 그 산꼭대기에 장막을 따로 치고 언덕 아래에는 왜선 12척이 줄을 지어 정박하여, 적의 무리가 검을 휘두르고 굽어보며 의기가 양양하였다.

발사하려니 거리가 조금 멀어 포의 힘이 못미칠 듯하고 진격하려니 썰물이라 배의 속력이 늦을 뿐더러 저쪽은 고지대이고 우리는 낮은 곳이라 지세가 좋지 않아 서쪽 하늘의 해를 돌아보니 뉘엿뉘엿 지려 하였다. 이순신이 곧 여러 장수들에게 지령하기를 '왜적의 깔보고 거드름을 피우는 상태가 아주 심하니, 바다 가운데로 유인해 내어 포위하여 공격함이 훌륭한 계책이다' 하고, 즉시 배를 돌리니, 과연 왜적 수백 명이 배를 타고 달려 나오거늘 거북선을 부려 포를 쏘고 돌격하며 죽음을 무릅쓰고 곧장 전진하여 수 척의 배를 격침하니, 그들은 전율하여 모두 물러가고 말았다.

이튿날 6월 1일에 육지로 내려가서 끝까지 찾다가 2일 진시에 당포(唐浦)에 이르니, 적의 큰 배 9척과 소·중선 아울러 12척이 나누어 정박하여 있었다. 그 중 한 대선 위에 층루를 여러 개 세웠는데, 높이가 서너 길쯤 되며 바깥쪽은 붉은 비단 장막으로 둘러 늘어뜨리었다. 층루 위에 왜장 하나가 의젓하게 서 있는데, 거북선으로 그 앞으로 곧장 나아가 중충위장 (中衝衛將) 권준(權俊)이 쏘아 거꾸러뜨리니 적군들이 혹은 포탄을 맞고 혹은 화살을 맞아 급히 달아났다. 육지에 내려 끝까지 추격하려는데, 또 '왜의 큰 배 20여 척이 작은 배 몇백 척을 이끌고 거제에 와서 정박하였다'고 탐망선이 이르러 보고하였다. 노를 빨리 저어 바다 위에 나가니 적이 위세에 벌벌 떨어 5리쯤 떨어진 거리에서 조선 전라도 좌수군 절도사 이순신의 깃발 그림자를 바라보고 일시에 달아났다.

　연속되는 전쟁에 여러 번 이기니 아군의 위세는 이미 떨쳤으나, 적병은 날로 불어나고 아군의 사기는 날마다 지쳐서 한 진의 장병이 탄식하여 마지않았다. 이날 당포 앞바다에 이르니, 나팔 소리가 높은 하늘에 맑게 들리고 돛그림자가 창공에 사라졌다 비쳤다 하는데, 이는 우수사 이억기가 전선 25척으로 와서 만나려는 것이다. 군사들이 기뻐서 춤추듯 뛰며 순신이 억기의 손을 잡으며 말하기를 '왜적이 맹위를 떨쳐 국가의 존망이 순식간에 다가왔는데, 영공(令公)의 오심이 어찌 더딥니까' 하였다.

　5일에 바다에 끼는 안개가 하늘에 차서 지척을 분간 못하였는데 오후에 차츰 걷히니 이억기와 달아난 적을 추격·토벌키로 상의하고 돛을 달고 바다에 나가자, 거제 주민 7, 8인이 작은 배를 타고 수심에 잠긴 얼굴로 와서 맞이하며 말하기를 '저희들이 장군을 기다린 지 오래입니다. 장군이 아니면 저희들의 부모가 적의 칼날에 죽었으며, 저희들의 처자가 적탄에 참혹하게 죽어 전라 한 도가 큰 피비린내 세계를 이루었을 터인데, 다행히 저 옥황상제가 장군을 내려보내셨습니다. 장군, 장군이여. 저희들을 낳은 사람은 부모이거니와 저희들을 살린 이는 장군이니 장군도 우리 부모입니다. 당포에서 쫓긴 적이 당항포(唐項浦)에 정박하여 있습니다. 장군은 빨리 신위(神威)를 떨치어 저희들을 살리소서' 하였다. 바로 당항포의 지형을 물으니, 먼 곳은 10여 리가 되며 너비는 배를 운행할 수 있다 하므로, 먼저 두세 탐망선을 출발시켜 가서 지리를 살피게 하였다. 적이 만약 추격하거든 물러가는 척하고 유인해 나오라고 엄하게 경계하여 보내고, 수군 대대가 그 뒤를 몰래 따랐더니 탐망선이 해구에 겨우 나와서 신기포를 쏘아 변을 알렸다. 전선 4척은 포구에 잠복하고 큰 부대가 에워싸고 들어가니, 적이 20여 리의 강을 끼고 양변 산기슭 안에 있었는데, 그 사이의 지형이 별로 좁지 않아 전선을 운행할 만하였다. 여러 배들이 물고기 꿰미처럼 나란히 전진하여 소소강(召所江) 서쪽 언덕에 이르니 판옥선만하게 큰 검은 왜선 9척과 중선 4척, 소선 13척이 정박하고 있었다. 그 중 가장 큰 뱃머리에 3층 판자 누각을 따로 설치하여 벽에 칠한 단청이 불당과 비슷하며 누각 아래에 검은 비단 장막을 드리우고 장막 폭에는 흰 꽃 무늬를 크게 그렸는데, 장막 안에는 무수한 왜인들이 열을 지어 서 있었다. 또 왜의 큰 배 두어 척이 안쪽 포구에서 나와 한 곳에 모였는데, 각 배에 모두 흑기를 꽂고 각 깃발에 다 '나무묘법연화경(南無妙法蓮花經)' 7자를 썼다.

아군을 발견하고 철환을 마구 쏘므로 여러 배들이 에워 서 있고, 거북선이 먼저 돌입하여 오랫동안 접전하는데 승부가 판가름나지 않았다. 이순신이 말하기를 '적이 만일 세력이 약해져 달아나서 상륙하면 모두 섬멸하기 어려우니, 내가 퇴병장(退兵狀)을 거짓으로 만들어 포위를 풀고 후퇴하다가, 적의 배가 이동하는 틈을 타서 좌우에서 추격해야 되겠다' 하고, 한쪽을 틔우니 적선이 과연 열린 길로 나가는 것이다. 배들을 독촉하여 사면을 에워싸고 거북선으로 그 3층 누각 아래에 바로 나아가며 포탄을 쏘니, 배의 누각 위에 높이 앉아 있던 적장이 외마디 슬픈 소리를 지르며 물에 떨어지고, 나머지 배들은 모두 다급하게 사방으로 흩어졌다. 뒷날 항복한 왜병의 문초에 의하면, 이 전쟁에 죽은 자는 수길의 총애를 받던 장수 우시축전수(羽柴筑前守)라 하였다. 전쟁을 더욱 독려하여 왜선을 모두 태워 없애고, 1척만 일부러 놓아주어 귀로를 열었으니, 살리고 죽일 수 있는 신위가 공에게 없지 않았다.

6일 첫새벽에 방답 첨사(防踏僉使) 이순신(李純信)을 불러 말하기를 '어제 일부러 놓아 준 한 배에 남은 적이 당항포에서 산으로 달아난 적과 합세하여 새벽을 타서 몰래 침범하리니, 군이 이들을 요격하여 모두 잡아라' 하였다.

그가 떠난 지 얼마 안 되어 소식이 날아왔다. 과연 해구에 나가자마자 왜적 수백 명이 한 배를 타고 있다. 그 중 왜장은 나이가 대강 24, 5세 가량이며 얼굴이 훤하고 복장이 화려하였다. 검을 짚고 홀로 서서 그 무리를 지휘하고 겁내는 기색이 조금도 없었는데, 이순신(李純信)이 여러 번 쏘아 명중하니 화살 10여 개를 맞고 말없이 물에 떨어졌으며, 그 나머지는 모두 물속에 몸을 던져 죽었다 하니 이순신의 전략이 대개 이와 같았다. 그 배 안에 시원한 방을 따로 만들고 방 안의 장막이 다 아주 화려하였다. 문서를 넣어 둔 작은 궤가 하나 있어서 열어 보니 그 배의 왜장이 군사 배치하는 기록이었는데, 모두 3천 40명이며 이름 아래에 각각 피를 발라 맹세한 것이었다. 이 날은 비가 내리붓고 구름이 컴컴하여 바닷길을 분간할 수 없으므로, 당항포 앞바다에 옮겨 주둔하여 병사들을 쉬게 하였다. 이튿날 영등포 앞바다에 이르매 패주하는 왜선 7척과 대전하여 모두 불태워 없애니 이후로부터는 적병이 이공을 만나면 몹시 겁을 먹고 갑자기 달아나서 요새지를 의거하고 나오지 않았다.

이때에 우리 나라의 병가(兵家)는 아직도 중국의 6국 시대 진(秦)의 상수공법(上首功法)을 본받아 수급의 다소로 공로의 우열을 나누었다. 이순신이 말하기를 '목 벨 시간을 이용하여 사격을 많이 해야 된다' 하고 드디어 고쳐 정하였다. 이 전쟁에 왜선을 침몰시킨 것이 82척이며, 왜병의 시체들이 바다를 덮었는데, 아군은 사망 18명, 부상자가 30명이었다.

제9장 이순신의 세 번째 전쟁(견내량)

왜적이 바다를 의거해서 제멋대로 들락거리며 아군을 왕명에 분주하여서 지치게 하고 우리 백성을 군수품 운반에 고되게 한 뒤, 천천히 그 쇠잔함을 틈타서 덮쳐 차지하려는 가혹한 계획을 세웠다. 그런데 갑자기 이순신을 만나서 싸우면 반드시 패하고 공격하면 반드시 죽으니 그들의 포부가 그림의 떡으로 모두 돌아갔다. 풍신수길이 이 사실을 알고 크게 이를 갈아 휘하의 모든 장수를 다 불러 모으고 이순신의 적수를 물었다. 우희다수가(宇喜多秀家)란 자가 팔을 걷어 붙이고 자기가 맡기로 요청하니 수길이 허락하고 수군 총대장에 임명하여 살마(薩摩)의 군사 13만을 거느리고 바다를 건너 서쪽으로 왔다. 수가는 원래 수길의 번(藩) 토벌전에 여러 차례 참가하여 특별한 공을 많이 세운 명장이었다.

이순신이 적침의 경보를 접하고 여러 장수들과 약속하여 일시에 배를 출발하여 남해 땅 노량에 이르니 경상우수사가 전선 7척으로 와서 모였다. 7일에 고성 땅 당포에 이르니 높고 험한 산꼭대기에서 흩어진 머리털을 드리운 한 목동이 우리 나라의 배를 바라보고 허겁지겁 내려와서 말하기를 '나는 피란민 김천손(金千孫)입니다. 오늘 미시쯤에 적선 70여 척을 고성 땅 견내량(見乃梁)에서 발견하였습니다' 하므로 여러 장수들을 다시 훈계하여 그곳으로 가는데, 중간바다에 미치지 아니하여 왜의 선봉 20여 선이 진을 쳤고 그 뒤편에는 무수한 적선들이 어지러이 떠 있었다. 이순신이 지형을 한참 살피더니, 여러 장수들을 돌아보며 말하기를 '바다가 좁고 항이 또 얕으니 영웅의 전쟁터로 부족하다. 내가 또 훤하게 드넓은 큰 바다 가운데로 꾀어 내어 섬멸하리라' 하였다. 판옥선 5, 6척을 지휘하여 그 선봉적을 뒤쫓으며 엄습할 형용을 거짓으로 나타내니, 각 배의 왜장들이 일시에 돛을 달고 갑자기 쫓아오거늘, 우리 배들이 물러가는 척하여 큰 바다 가운데로 유인해 내니 승패의 기틀이 결정되었다.

숯구치는 파도는 장사(壯士)의 의기를 부추기며 끝없이 넓은 바다 위의 하늘은 장군의 회포를 북돋우었다. 든든한 두 어깨 위에 4천년 국가의 운명을 메고 대대의 원수인 왜적과 이기기를 시험했다. 아, 남아로서 이에 이르렀으니 비록 죽은들 무엇이 한이리오. 승자총(勝字銃)을 한 번 쏘자 거북선이 돌진하여 왜선 2, 3척을 쳐부수니, 모든 적들은 넋이 나가고 아군은 사기가 충만하였다. 순천부사 권준과 광양현감 어영담이 죽음을 무릅쓰고 먼저 적의 배에 올라 적장 2명과 왜적의 머리 22급을 베고 층각 왜선 2척을 격침하였다. 사도 첨사(蛇渡僉使) 김완과 흥양현감(興陽縣監) 배흥립(裴興立)이 적장 1명과 왜적 머리 24급을 베고 이순신(李純信)·이기남(李奇男)·윤사공(尹思恭)·가

안책(賈安策) · 신호(申浩) · 정운(鄭雲) 등 여러 장병들이 각자 용감하게 앞을 다투어 대사격을 행하니 많은 배들이 날아 춤을 추는 듯하고 모든 총들이 굉음을 발하여 잠깐 동안에 왜적들의 피가 바다를 벌겋게 하였다. 적의 배 73척 중에 한 척도 완전한 것이 없고, 다만 접전할 때 뒤에 떨어져 있던 10척의 적선이 배를 불태우고 장수를 목 베는 광경을 바라보고 노를 재촉하여 내빼었다. 웅천(熊川) 사람 제말(諸末)이 일본에 포로가 되었을 때, 대마도(對馬島)에 조회한 공문을 보니 왜병 사망자가 9천이라 하였다.

이튿날 9일에 왜선 40여 척이 안골포(安骨浦)에 머물러 있다고 탐망군이 와서 알렸다. 이순신이 즉시 군의 사기를 다시 북돋우어 본도(전라) 우수사 · 경상 우수사와 상의하고, 배를 재촉하여 전진하다가 날이 저물어 거제 온천도(溫川島)에서 밤을 지냈다. 이튿날 10일 첫새벽에 안골포에 이르러 적의 운반선 59척을 유인하여 남김 없이 불태워 없애고, 그들의 병선을 향하여 사격을 또 가하니, 남아 있는 왜적들이 일제히 육지로 내려와 달아났다. 이순신이 또 속으로 계획하기를 만일 그 배를 모두 불태워 귀로를 끊으면 그들이 내륙 지방의 궁한 적이 되어 숨어 사는 백성을 죽이리라 생각하고 1리쯤 물러가서 그들의 달아날 길을 열었으니 아, 어질도다. 나라를 사랑하는 이는 백성을 반드시 사랑하는 것이다. 이튿날 아침에 왜적이 패주한 곳을 둘러보니, 전사한 왜적 시체들을 열 두 곳에 쌓아 불살랐는데 황급히 달아나느라고 모조리 태우지 못하였던지 외팔·외다리가 땅 위에 이리저리 흩어져 있어 사람들이 참담하게 여겼다.

그 후에 우리 나라 사람으로 포로가 되었다가 돌아온 사람의 말에 따르면 왜적 장병들이 번번이 칼을 빼어 서쪽으로 전라도를 가리키며 이를 뿌드득뿌드득 갈았다고 한다. 그와 같이 그들이 어찌 하루나마 패주한 치욕을 잊으리오마는 충무공 이순신이 해상에 장성을 만들었으므로 그들의 심신만 헛된 수고를 한 것이다.

이로부터 공의 위력 있는 명성이 적국 아이들의 울음을 그치게 하여 그 군대가 가는 곳에는 싸우지 않고 저절로 이겼으므로 김해성 안팎에 머무른 적도들은 어느 날 밤 먼 포구의 고기잡이하는 불을 바라보고 전라 좌수사 이순신의 군대가 온다고 와전한 말에 놀라 거의 붕괴할 지경에 이르렀다.

제10장 이순신의 네 번째 전쟁(부산)

임진·계사년 사이에 우리 나라 각지에 왜인들이 흙을 쌓고 집을 지어 혹 4, 5백가 되는 곳도 있고 혹은 2, 3백가 되는 곳도 있어서(이상은 충무공 장계 중의 말을 초록함) 당당하게 한국을 저희들의 식민지로 봄은 이에 곧 당시 풍신수길의 야심이었다. 이웃 나라의 우의를 생각하지 않고 명분 없는 군사를 일으켜 왕성하게 서쪽을 침범하다가, 우리의 절대 호걸 장군 이순신을 만나서 1패·재패로 3패에 이르러 10만 용사들을 바닷물에 모두 장사지냈으니 그가 아무리 굳세고 사납다 한들 싸우기를 어찌 감히 다시 그리워하리오. 이에 다만 36계의 상책만 생각할 뿐이니, 임진사를 읽는 이가 부산 전쟁에 이르러는 큰 술잔을 띄우고 ‘조선 만세’, ‘조선 수군 만세’, ‘조선 수군통제사 이순신 만세’를 부를 것이다.

　경상도 연해에 원수 왜의 그림자가 갑자기 끊어지고 각지에 꽉 퍼져 가득하던 적도들이 낮에는 숨고 밤에 걸어 도망갈 생각으로 바닷가에 모이니, 강병의 마지막 세력이 오히려 씩씩하였다. 적선이 5백여 척이고 적군이 수십만이었다. 이순신이 경상우도 순찰사 김수의 관문을 접하고, 전라 좌우도 전선 도합 74척을 수리하여 계사년 2월 24일에 배를 출발하여 27일에 웅천 자포(紫浦)에 이르니, 고성·진해·창원 등지에 머무르는 왜가 날랜 전라 병사들이 온다는 소식을 듣고 달아나버린 지 이미 수일이었다. 이튿날 새벽에 양산·김해 두 강의 앞바다로 향하여 가는데 마침 그때 창원 사람 정말석(丁末石)이 포로가 된 지 3일 만에 밤을 타서 도망하여 돌아와서 왜적이 가덕도(加德島) 북변 서쪽 언덕에 숨어 있다고 알렸다. 29일 첫 닭이 울자 배를 출발하여 가덕도에 이르니 종적이 전혀 없고 장림포(長林浦)에 이르니 왜의 큰 배 4척, 작은 배 2척이 나타났다. 큰 배 1척을 쳐부수고 좌우로 군사를 나누어 두 강으로 들어가려 하니 강어귀가 좁아서 싸우기 어려우므로 군사를 철수하였다. 9월 1일에 몰운대(沒雲臺)를 지나가니 동풍에 파도가 솟구치는데 왜의 큰 배 5척을 격파하고 다대포(多大浦)에 이르러 8척, 서평포(西平浦)에 이르러 9척, 절영도(絶影島)에 이르러 왜의 큰 배 2척을 격파하였다. 부산 앞바다에 이르러 적선을 탐색하니 적선이 대략 5백여 척이었다.

그들은 선창 동변에 열을 지어 정박하고 선봉 대선 4척이 초량 어귀에서 배회하였다. 이순신이 원균·이억기와 약속하여 말하기를 '우리들의 군대 위세로 어찌 이를 토벌하지 못하리오' 하고 지휘기로 독전하였다. 우부장 녹도(鹿島) 만호 정운과 거북선 돌격장 군관 이언량(李彦良), 전부장 방답 첨사 이순신, 좌부장 신호 등이 먼저 바로 진격하여 선봉 대선 4척을 우선 쳐부수고 승승장구하여 장사진을 이루어 돌진하였다. 진성(鎭城) 동쪽 일산(一山)의 5리 해상에 정박한 적이 아군의 위세를 바라보고 감히 나오는 자가 없으며, 아군이 그 앞에 곧바로 공격하니 모든 적들이 일시에 산 위로 달아났다. 그리하여 여섯 곳에 나누어 진을 치고 탄환과 화살을 우박같이 아래로 내리쏘고 간혹 편전(片箭)을 발사하여 우리의 배를 많이

명중하였다. 아군의 모든 장수들이 분기가 더욱 나서
죽음을 무릅쓰고 돌격하는데, 장군전(將軍箭)·피령
전(皮翎箭)·장편전(長片箭)·소철환(小鐵丸)·대철환
을 일제히 발사하였다. 교전 마지막날에 3도의 모든
장수들이 힘을 아울러 적선 1백여 척을 쳐부수니, 왜
적들이 그들의 시체를 불사르는데 비린내가 수백 보
까지 퍼졌다.

   해가 지고 좌우에 적들이 깔려 있어 앞뒤로 공격을
받을까 염려하여 모든 장수들과 배를 돌렸다. 삼경에
가덕도에 이르러 밤을 지내고, 이튿날 다시 계획하여
그들의 소굴을 모두 소탕하려 하였다. 그러나 다만
적이 물에서 패하면 육지로 달아나고, 육지에서 패하
면 물로 달아 나는 것이 장기(長技)라 지금 적선을
모두 없애면 그들이 또 육지에 올라 살육과 노략질을
함부로 하면 백성의 참화가 또 어떠하겠는가. 이공이
이런 실정을 매우 경계하여 경상도 육군 여러 장수들
과 수륙을 함께 토벌하기로 계획하고 전쟁에 관한 일
을 잠시 작정하였다.

   이 전쟁은 비록 끝무렵의 궁색한 적을 토벌함에 불
과하나, 그 살상의 수효는 한산(閑山)의 승전 때보다
적지 않았다. 개가는 여러 곳에 울려 퍼지고 모든 사
람들이 이 장군을 찬미하니 대장부의 영광이 극치에
이르렀다. 그렇지만 이때에 이순신의 가슴 속은 침이
찌르는 듯 화살이 집중하는 듯하여 슬픈 눈물이 뚝뚝

떨어졌으니 이는 과연 누구를 위함인가. 녹도 만호 정운의 전사를 슬퍼함이었다. 정운은 출생한 이래로 이순신과 같은 뜻으로 함께 일한 사람인데, 그 충의가 쇠와 돌을 꿰뚫었다. 전쟁 때마다 용감하게 먼저 나가 큰 적을 산 째로 한 입에 삼키지 못함을 한탄하여 일신의 생사는 도외시하는 이였다. 이 전쟁에 적의 소굴을 돌격하다가 무도한 적의 탄환이 이마를 관통하여 드디어 죽으니, 공이 제문을 지어 제사지내고 그 애통한 마음을 누르지 못하였다.

제11장 다섯 번째 전쟁 후의 이순신

(1) 이순신이 3도 통제사에 오름, (2) 당시의 민정과 조정의 붕당, (3) 이순신의 식소사번(食少事煩).

용감한 5, 6회의 전쟁 때 뛰어난 군사로써 강하고 사나운 적을 쳐서 거꾸러뜨리고 8도의 백성을 안전케 하였으니, 영웅의 공렬이 과연 어떠하였겠는가. 대개 이때 이순신의 해상 생활이 대체로 3년인데 '바다에 맹세하니 어룡이 움직이고 산에 맹세하니 초목도 알도다(誓海魚龍動 盟山草木知)' 하는 정일(精一)한 충성을 품고, '이 원수를 없앨 것 같으면 비록 죽더라도 어찌 한하리오(此讐若滅 雖死何憾)' 하는 혈성을 지녀 〈난중일기〉에 썼듯이 '낮에는 앉아 있지 못하고 밤에는 못 자며, 먹어도 맛을 모르고 앓아도 눕지 못하였다'는 것이다. 섬 안의 가을철에 백발을 움켜 잡으니 장부의 나라 위하는 장하고 큰 뜻은 대략 발휘한 듯하였다. 이때 조정에서 이순신의 공을 포상하는데 경상·전라·충청 삼도수군통제사로 임명하여 3도 수사(水使)가 그 관할에 들게 하였다.

역사를 읽는 사람이 여기에 이르면 반드시 우쭐할 것이다. 이전에는 이충무가 전라좌도 수사의 직권으로도 능이 공을 이뤘거늘, 더구나 오늘날 삼도수군통제로서야 누구를 정복하지 못하랴. 이전에는 이충무가 전라좌도 수군의 적은 수효로도 능히 공을 세웠거늘, 더구나 오늘날 3도 수군 전부로야 누구를 쳐부수지 못하랴. 이전에는 이충무가 병권이 전임되지 않고 군령이 하나가 아닐 때였으나 능히 공을 이뤘거늘, 더구나 오늘날은 병권이 이미 전임되고 군령이 하나로 비롯된 때니 누구를 쳐서 이기지 못하랴. 전에는 이충무가 병력이 떨치지 못하고 위력 있는 명성이 드러나지 않은 때였으나 능히 공을 세웠거늘, 떠군다나 오늘날은 여러 차례 승전한 여세를 휩쓸어 저 잔적을 제압하는 때이니, 누구를 불러 항복받지 못하랴 하였다. 하지만 그 내용을 알아보면 통제사가 된 이후가 되기 이전보다 어렵고 전승한 이후가 전승하기 전보다 어려웠던 것이다. 독자가 믿지 않는가. 내가 이를 상세히 논하리라.

이순신이 장계하기를 '작년 6, 7월 사이에 6만 군사와 말과 수많은 군량을 모두 경기도에서 잃고 병사가 거느리는 4만 군사가 또한 모두 얼고 굶주렸습니다. 지금 순찰사가 또 정병을 인솔하고 북상하는데 다섯 의병장이 서로 계속 군사를 일으켜 멀리서 다다랐습니다. 이로부터 이후로 한 지방이 소란하여 관청과 민가가 모두 결딴나고, 비록 노인과 어린이들이 있더라도 군량을 수송할 때 강제로 갑자기 동원되어 구렁텅이에 넘어져 죽은 사람들이 즐비합니다. 그런데도 소모관(召募官)이 내려와서 내륙과 연해 지방의 구별 없이 정원의 군사를 채우려고 독려함이 아주 심합니다’ 하였다. 또 이르기를 ‘연해의 각 진이 모조리 바다로 나가 좌·우도의 수군 4만여 명이 모두 농민으로 농사를 전폐하였으니 다시 추수할 희망이 없습니다. 우리 나라 8도 가운데 오직 이 호남이 거의 완전하니 군량을 모두 이 도에서 소출해야 되오나, 도내 장정이 죄다 수륙전에 출정하고 늙은이와 어린이들이 군량을 나르며 지역에 남은 인부가 없습니다. 봄철이 이미 지났으나 남도의 논밭이 쓸쓸하니 다만 민생이 생업을 잃었을 뿐 아니라 군사와 나라의 먹을 거리를 또한 의뢰할 곳이 없습니다’ 하였으니, 군·읍의 피폐를 상상할 만하였다. 또 이르기를 ‘중국 병사들이 남하하여 민가에 들락거리며 사람과 재물을 약탈하고 들에 있는 곡식을 가져 가서 그들이 지나는 곳마다 탕진하니 무지한 백성은 풍문만 듣고 달아나 버립니다’ 하였으니, 이웃 나라 원군이 끼친 폐단도 알 만하였다. 또 '올해에는 흉악한 적들이 자연의 요새를 의거하여 곳곳에 굴을 만들어 겁이 나서 감히 나오지 못하오나, 북쪽 해상의 굶주리고 지친 군사로써 저 굴 속에 있는 적을 공격하는데그 형세가 참으로 어렵습니다' 하였으니, 그 적을 토벌할 방편의 어려움도 징험할 만하다. 이런 때를 당하여 온 나라의 상하 신민들이 와신상담하며 병력과 군량을 계획함에 급급하여 분발 노력할 때이거늘, 조정 상태를 보니 과연 어떠했던가.

의주(義州) 한 모퉁이에서 '우리의 강토가 이미 끝났으니 나는 장차 어디로 갈까' 하고 임금과 신하가 서로 붙들고 통곡하였다. 그러다가 다행히 내륙의 군사 및 백성의 혈투와 이웃 나라 원조의 힘으로 서울에 돌아온 지 이틀째였다. 어제는 어떤 치욕을 당하였거나 오늘은 즐기리라 하며, 내일에는 어떤 화가 닥치든간에 오늘은 또 잠을 자리라 하여, 당파 싸움으로 왈가왈부하고 이 세상에 같이 살 수 없는 원수를 잊어버렸으니, 군자로 임진 역사를 읽다가 그만두고 눈물을 흘리지 않을 사람이 있겠는가. 그러나 견제로 인하여 주저하는 자는 남아가 아니며, 역경을 만나서 물러나는 사람은 영웅이 아니다.

보아라. 충무공 이순신님이 수년 동안 헤쳐 나간 것을 보라. 한산도는 중요한 지역이고 적의 요충이라 하여, 여기에 옮겨 진을 치고 밤낮으로 군사를 그 안에서 훈련하는데 항상 '충의(忠義)' 두 글자로 격려하였다. 조정에 아뢰어 무과를 진중에 베풀고 인재를 가려 뽑으며 군대 내부의 심리 상태를 권장하였다. 백성을 모집하여 소금을 굽고 독을 만들어 곡식을 사들여 저축하였다. 구리와 철을 캐고 또 사서 모아 총포를 더 만들며, 화약을 널리 모으거나 제조하여 각 영에 나누어 지급하였다. 또 항복한 왜인들 중에 활이나 총 따위를 잘 쏘는 자를 뽑아서 아군에게 그 솜씨를 가르치며, 그들의 무기가 우리 것보다 정밀하고 낫다 하여 왜총과 왜의 화살을 본떠 만들도록 하였다. 떠돌이 백성을 불러 모아 돌산(突山) 등지에 둔전을 경작케 하여 한편으로 그 생업을 안정되게 하고 한편 군대 물자를 비축케 하였다. 승려 의병을 나누어 보내 요해지를 지키게 하며, 수륙 요해지를 조목별로 아뢰어 조정에서 잘 택하기를 기다렸다. 전선을 더 제조하고 수군을 더 모집하며 연해에 군량·병기의 타도로 옮겨감을 아뢰어 막아서 바다를 방어하는 명성과 위세를 웅장케 하고, 초소를 사방에 배치하여 왜적의 동정을 살폈다.

이로부터 군수품이 넉넉하고 사기가 올라 한바탕 싸우기에 족하니 만일에 뒷날 소인배의 모함이 없으면 수많은 전함과 장병으로 일본을 바로 공격한다 한 이충무공의 계서(啓書)가 실현되었으리라.

제12장 이순신이 죄인으로 잡히다

선조 정유 정월 26일에 조선 충청·경상·전라 삼도수군 도통제사 이순신을 잡아들이라는 명이 내리어 5, 6년 동안의 창이 번쩍이고 탄환이 비 내리듯하는 전쟁터에서 애써 모은 군량 몇만 석과 화약 몇만 근, 총통 몇천 자루와 군함 몇백 척을 못난 장수 원균에게 넘기고 2월 26일에 함거(檻車)를 타고 도로에 나아갔다. 지나치는 길가에 남녀·노소의 백성이 그 앞을 둘러싸고 큰 소리로 슬피 울며 말하기를 '사또, 사또. 우리를 버리고 어디로 가십니까. 사또, 우리를 버리고 어디로 가십니까. 사또께서 우리를 버리시면 우리의 앞날은 〈사(死)〉 한 자뿐입니다' 하니, 곡성이 하늘에 사무쳤다.

민심을 이간하고 장성을 스스로 무너뜨려 적군을 기쁘게 하니 이는 과연 누구의 장난이었던가. 어떤 이는 행장(行長)의 이간이라 했다. 그러나 물질이 썩은 뒤에야 벌레가 생기니, 우리 조정에 틈이 없으면 행장이 아무리 간사하더라도 어느 틈을 탔겠는가. 그러므로 우리는 이충무의 잡힘은 행장의 재앙이라 함이 옳지 않다는 것이다. 어떤 사람은 또 말하기를 원균의 무고라 하였다. 그러나 한 사람의 손으로 여럿의 눈을 가리기 어려우니 온 조정이 공명하면 원균이 아무리 시기하여도 어찌 나쁜 일을 좋게 여기겠는가. 그러므로 나는 이충무가 잡힘을 원균의 죄라 함도 옳지 않다고 하겠다.

이충무의 잡힘이 행장의 죄도 원균의 죄도 아니라 하니, 그렇다면 그 누구의 죄인가. 내 감히 한 마디 말로 잘라서 말하면, 이는 조정 신하들 사사로운 도당의 죄라 하겠다. 선조 등극 이래로 조정 신하의 당파가 분립하여 공의(公義)는 물리치고 사견만 왕성하였다. 이 당이 세를 얻으면 저 당의 행위를 불문곡직하고 다 물리치며, 저 당이 세를 얻으면 이 당의 행위를 불문곡직하고 다 배척하였다. 그러므로 왜구의 동정 여부가 중대한 문제인데, 당초 황윤길(黃允吉)·김성일(金誠一)이 일본에 사신으로 갔다가 돌아오던 날에, 윤길의 당은 그를 편들어 '반드시 움직인다' 하고 성일의 당은 그를 편들어 '반드시 움직이지 않는다' 하였다. 겉으로만 보면 '반드시 움직인다'고 주장한 것을 '움직이지 않는다'고 주장한 것에 비하면 같은 날에 할 수 없는 말인 듯하다. 그러나 그 내용을 살펴보면 오십보 백보에 불과하다 할 것이다. 왜냐. 의미가 있어서 '반드시 움직인다' 함도 아니며, 식견이 있어서 '반드시 움직이지 않는다' 함도 아니다. 나라와 백성을 위하는 마음에서 외적이 박두한 우환을 놀라고 걱정하여 '반드시 움직인다', '반드시 움직이지 않는다' 함도 아니다. 이는 다만 그는 그 당을 따르고 나는 우리 당을 좇음이니, 까마귀의 암수를 누가 분별할 것이며, 방합과 도요새의 다툼에서 화복을 어찌 알랴. 이번 이충무의 잡힘은 조정의 한 〈사(私)〉 자에서 나온 것이다. 아, '난리는 하늘에서 내려오는 것이 아니고 오직 사람이 부르는 바이다'고 한 옛말이 과연 나를 속이지 못하는구나.

비록 그러하나 평화 시대에 집안에서 한가로이 싸움질하는 것은 오히려 괜찮다 하겠다. 그렇거니와 지금 대적이 아직 물러가지 않고 국력이 소생하지 아니하여, 한 걸음을 헛디디어 넘어지면 죽음에 이를 지경이다. 그러한데 옛 악습이 그대로 있어 정부의 한 판국에 큰 도랑으로 가운데를 갈랐다. 그래서 한 물줄기는 동쪽으로 흐르고, 한 물줄기는 서쪽으로 흐르는데, 저 시기하고 사나운 원균이 이를 이용하여 이순신을 물리치며, 흉악한 괴물인 가등청정(加藤淸正)·소서행장(小西行長)은 또 이를 이용하여 이순신을 모함한 것이다.

왜적 풍신이 우리 나라에 침입한 이래로, 수백년 동안 군사 훈련을 하지 않은 백성이 이를 갑자기 당하니 왜색만 보면 쥐처럼 숨고 왜의 소리만 들으면 새처럼 흩어졌다. 그러므로 곽재우(郭再祐)·김덕령(金德齡)·박진(朴晉)·정기룡(鄭起龍) 같은 절세 위인이 일어나서 군사 훈련을 서두르고 장려하였으나 수년 후에야 백성의 기상이 겨우 진작되었다. 그런 시기에 왜구가 갑자기 물러갔으므로 동쪽에서 싸우고 서쪽에서 토벌한 역사가 떠돌이 도적떼나 습격하며 명성과 위세나 바깥에 왕성하여 왜구를 전율케 함에 불과하고 격렬한 큰 전쟁을 일으켜 바다의 파도를 잠잠하게 할 수는 없었다. 행주(幸州)의 권율(權慄) 승전과 진주의 김시민(金時敏) 방어에서 수만 적군을 목베어 죽여 청정·행장의 간담을 떨어지게 하였으나, 다만 이는 휘하의 몇 천명 정예병에 의한 것이며, 또한 공격·방어하는 주객의 형세를 의지함이라 하였다. 그렇거니와 이충무는 군사의 훈련 여부도 불문하며 형세의 공격·방어를 불고하고, 한 검을 가지고 해상에 외로이 서서 소수의 지친 병졸로써 날로 달로 불어나는 대적을 항거하였다. 지키매 반드시 튼튼하며 나아가매 반드시 쳐부수어 그 고요함이 산과 같고 그 번쩍임이 번개와 같았다. 그 공격은 매처럼 빠르고 그 압력은 만근의 무게와 같아서 그의 깃대가 꽂혀 있는 곳에 일본의 세 섬 백성이 몹시 겁을 내었다.

당시 왜적 풍신의 여러 장졸들이 '이통제(李統制)' 3자를 대하매, 공경하여 머리를 조아리고 한하여 그 이를 갈며, 놀라서 그 간담이 부스러지고, 두려워하여 그 말소리를 낮추었다. 그러므로 전쟁 때마다 멀리서 이마가 땅에 닿도록 절하며 말하기를 '기이하다, 장군의 해전이여' 하였다. 또 패전할 때마다 창검을 보내어 경의를 표하기를 '장군은 거의 천신(天神)입니다' 하였다는 것이다. 여러 적장들이 풍신수

길에게 상서하여 이르기를 '조선 수군은 천하 무적'
이라 하며, 바다와 육지 각처에 주둔한 왜가 번번이
칼을 빼어 전라도를 견주면서 이를 갈고 눈물을 흘리
며 말하기를 '나의 뼈에 사무치는 원수가 저기에 있
다'고 하였으니, 그들이 침입한 이후로 이통제를 혹
잊은 적이 하루라도 있었겠는가. 이러했으므로 이통
제의 가슴을 향하는 왜창이 몇십만 부였지마는 창은
꺾이되 이통제는 죽지 않았으며, 이통제의 몸에 퍼부
은 왜의 화살과 탄환이 몇천만 개였지마는 화살과 탄
환은 다 떨어졌으되 이통제는 죽지 않았다. 그들의
무수한 방법으로 이통제를 꾀는 악독한 계책이 그림
의 떡으로 모두 돌아가니, 수길은 하늘만 우러르며
행장은 속을 태울 뿐이었다. 그런데 이제 조선의 군
부에 이러한 틈을 탈 만한 희소식이 새어 들리었다.
　원균이 선배 고참 장수로서 그 직위가 이순신의 아
래가 되니, 늘 시기하는 눈으로 흘겨보았다. 그리하
여 이순신의 행동을 비방하고 아뢴 계책을 훼방 놓으
며 조정의 고관과 결탁하여 이순신을 깎아내리는데
동·서 두 파 중에 원균을 돕는 자는 그 세가 강하고
이순신을 돕는 사람은 그 세가 약하였다. 탈 수 없어
도 그가 틈을 찾으려 하거늘, 더군다나 탈 만한 틈이
있는데 그가 이간하지 않을 리 있겠는가.
　풍신수길이 즉시 소매를 휘날리며 기뻐하는 얼굴로
말하기를 '나의 원수를 갚을 수 있다' 하고 소서행장

에게 계획을 알려 주었다. 소서행장의 부하 역관 요시다(要時羅)가 경상 우병사 김응서(金應瑞) 관하에 와서 정성을 다하며 자기 국내 사정을 알려 주려고 원하는데, 우리 옷을 입고 우리의 갓을 쓰니 엄연한 우리 나라 사람인 듯하였다. 적의 소식을 하나하나 전하여 알리고 또 행장이 화친을 맺고자 하는 뜻을 전하며 응서와 1차 면회를 요구하거늘 응서가 원수 권율에게 알리니, 율이 조정에 보고한 뒤 응서에게 '왜의 실정을 가서 탐색하라'고 명령하였다. 응서는 백여 군사를 거느리고 행장은 수백 졸병을 인솔하여 와서 회견하는데, 행장 등 모든 왜가 다 우리 의관을 착용하고 화의하기를 간절히 바랐다. 요시라가 말하기를 '그 동안 화의를 성립하지 못함은 모두 청정의 죄입니다. 내가 이 사람을 죽이려 한 지 오래인데, 그럴 틈이 없었습니다. 이제 청정이 일본에서 다시 오니, 내가 그의 오는 시기를 탐정하여 귀국에 통지하겠습니다. 귀국 통제사 이순신에게 명하여 바다에서 맞아 공격하면 수군 백승의 여세로 이를 잡아 목베기가 어렵지 않을 것이니 조선의 원수를 갚을 수 있을 것입니다' 하였다. 이 소식을 듣고 행장의 마음이 상쾌하여 간절히 권하였다는 것이다.

　권 원수가 이 내용을 조정에 보고하니, 조정에서 이를 이공에게 하명하였다. 그러나 만리를 환히 내다보는 공의 혜안이 어찌 이 따위 간계에 빠지겠는가.

그러나 조정의 상태를 살펴보니, 바르게 아뢰어도 무익하리라 싶어, 분한 마음을 홀로 품고 앉아서 바다 위의 하늘을 바라보며 읊조리고 있었다. 얼마 안 있어 행장이 사람을 보내어 알리기를 청정이 장문포(長門浦)에 와서 정박해 있으니, 이를 급히 공격하여 잡아 목 베라고 재촉하였다. 이순신이 형편을 살펴 지키기만 하고 우물거리며 진격하지 않았다. 그러하니 저 온 힘으로 처자를 보호할 대책이나 강구하며 제 집안에서 큰소리를 치는 겁쟁이가, 본래 그 주둥아리는 잘 놀리는 법이라, 훌륭한 이론을 펴 적을 부추겨 이순신을 벌하고자 했다. 또 호남을 순찰하는 어사가 공을 원수로 여기는 자의 지시를 받아서 상계하기를 '청정의 배가 7일 동안 좌초하여 움직이지 못했는데 이순신이 바로 공격하지 않았으므로 달아났습니다' 하니, 이에 조정의 의론이 크게 일어 잡아들이라는 명이 드디어 내렸으니 왜적의 흉계가 마침내 시행되었다.

영의정 정탁(鄭琢)이 상소로 구제하여도 도움이 없고 도체찰사 이원익(李元翼)이 장계로 구제하여도 도움이 없었다. 유성룡(柳成龍)은 또 천거를 주장한 혐의로 이를 구제하다가, 도리어 해를 끼칠까 두려워하여 혀를 차면서 탄식할 뿐이었다.

3월 4일 저녁에 옥문에 들어가는데 친척이 간혹 와서 작별하여 말하기를 '사건을 헤아릴 수 없으니 장차 어찌할 것이오' 하니, 이순신이 천천히 말하기를 '죽고 사는 것은 명이니 죽으면 죽을 뿐이지' 하였다. 감옥에 있은 지 26일째인데, 죄를 용서하라는 명이 내리지 않을 뿐더러 임금의 생각이 또 어떠할는지 알기 어려웠다. 5, 6년 동안 공(公)과 나랏일에 함께 죽자고 악수 맹세한 전라 우수사 이억기가 편지로 안부를 물으니, 서신사자를 보내며 말하기를 '수군이 얼마 오래지 않아 전쟁에 패하여 죽을 것이니 우리가 죽을 곳을 모르겠다' 하고, 눈물이 주르르 옷깃을 적셨다.

아, 이 충무공 한 사람의 죽음이 어찌 다만 이 충무공 한 사람의 죽음이겠는가, 즉 이억기 등 여러 장수들의 죽음이며, 또한 어찌 이억기 등 여러 장수들만의 죽음이겠는가, 즉 3도 수군의 죽음이며, 또한 어찌 3도 수군만의 죽음이겠는가, 즉 전국 백성의 죽음인 것이다. 그러므로 남도의 군사와 백성이 밤마다 하늘에 고하여 이순신 대신에 제 자신이 죽기를 원하는 사람들이 아주 많았다.

제13장 이순신의 입옥 · 출옥 동안 나라의 비운

'나라에 충성을 다했으나 죄는 이미 이르렀고, 어버이에게 효도하려 하나 부모는 돌아갔다' 고 한 말은 어느 시대이든 사람의 슬픈 눈물을 자아낸다.

대개 국가의 큰 재앙을 만나서 중생을 구제할 장한

마음으로 팔다리를 자르는 듯하는 아픔을 불구하고 꿋꿋하게 어머니와 작별하니, 대장부가 당연히 행할 천직이 그러하지마는 아무리 전쟁 중의 바쁜 틈에라도 번번이 고개를 돌려 하늘의 흰 구름을 바라보면 어찌 뼈가 아리지 않았겠는가. 그러므로 이충무가 〈난중일기〉에 날마다 '어머니 평안하시다' 하지 않으면 '어머니, 손절(損節)이 있다' 하였으며 아니면 '어머니의 안부 오래 막혀 매우 답답하다'고 반드시 말하였다. 후일 공을 이루고 물러난 뒤에 모자가 손을 잡고 지난 일을 이야기하는 것이 이충무의 피맺힌 소원이었다. 슬프다. 하늘이 훌륭한 이를 돕지 않음인지, 이순신 하옥의 소식을 듣고 어머니 변씨(卞氏)는 곧 근심으로 가슴이 두근거려 병을 얻었다. 4월 1일, 이순신이 출옥하여 벼슬 없이 원수 막하에서 공을 세워 속죄하라는 영을 받들고 바다로 나아가니, 병든 모친과 한 번 만날 소원이 어찌 없었을까마는 조정에서 불허함을 어찌하랴. 압송하는 사람을 따라 4월 13일 바닷길에 오르려 하는데, 집의 하인 순화(順花)가 와서 어머니의 부고를 전하는데 그 초상이 이미 이틀째였다. 압송하는 사람에게 애절히 간청하여 영전에 가서 곡하고 성복한 지 3일 만에 길을 떠났다.

　이충무의 일록을 읽다가 이 대목에 이르러서 눈물을 흘리지 않을 사람이 있겠는가. 중국 명(明)의 말엽에 원숭환(袁崇煥)이 어떤 사람에게 말하기를 '나는 어떤 사람인가, 나는 어떤 사람인가. 10여 년 이래로 부모가 자식을 생각하지 못하고 형제가 수족임을 생각하지 못하며 아내가 남편으로 생각하지 못하고 아들이 아버지로 생각하지 못하니 나는 어떤 사람인가. 바로 이름하여 〈대명국 안의 한 망명객〉이라 함이 옳겠다' 하였는데 이 말이 글자마다 피요 말마다 눈물이라 하겠으나, 이충무의 경우와 비교하면 하늘 세계의 사람이 아닌가. 어머니의 죽음에 임종도 못하고 아들의 죽음은 소식을 듣지 못했으며, 일신이 또 이런 곤경에 빠졌으니 아, 예로부터 나라와 백성을 구제하는 대영웅은 역경이 어찌 그리 많은가.

같은 달 27일에 도원수 권율의 진에 나아갔다. 가는 날, 해상 풍운의 통제사로 부월(斧鉞)을 잡고 3도 수군을 지휘하던 이순신이 이제 다른 사람의 영내에 한 졸병이 되어 동서남북으로 그 명을 들으니 영웅 회포가 그때 어떠했을까. 비록 그러하나 이충무는 하늘이 보낸 신인(神人)이라 생사마저 도외시하였으니 더구나 일시의 영욕이야 어찌 그 맘에 끼리오마는 다만 눈물을 흘리며 통곡할 일은 나라의 비운이 가정의 비운과 동시에 갑자기 닥친 것이다.

단신에 필마로 풍우를 무릅쓰고 초계(草溪)에 이르러 육군의 여러 장졸과 서로 어울리며 수군 소식은 몽상만 하였다. 7월 14일에 우리 배가 절영도 앞바다에서 왜선 천 5백 척을 공격하다가 7척이 어디론가

표류하여 없어졌다 하고, 이튿날 15일에 우리 배 20척이 적에게 또 패하였다 하며 또 이튿날 16일에 우리 군사가 왜적과 교전하다가 대장 원균이 배를 버리고 먼저 달아나니, 각 배의 모든 군사들이 일시에 패하여 어지러워져서 여러 장수들 중에 순절자가 매우 많았다. 이순신과 동고동락한 전라 우수사 이억기도 역시 이 전투에 죽었다는 소식을 군관 이덕필(李德弼)이 와서 전하니, 공이 눈물을 흘리며 장검을 홀로 두들겼다. 조금 있다가 원수가 와서 묻기를 '일이 이 지경에 이르렀으니 장차 어찌하오' 하니, 공이 말하기를 '내가 연해변 등지 적세를 한 번 살핀 후에 방략을 정하겠습니다' 하였다. 원수가 허락하거늘 이튿날 19일에 단성(丹城) 동쪽 산성에 올라가 형세를 관찰하고, 20일에 진주 정개산(鼎盖山) 아래 강가 정자에서 유숙하였다. 21일에 일찍 출발하여 곤양군(昆陽郡)에 이르니, 군민들이 이 난중에도 생업에 부지런하여 밭갈이도 하고 올벼를 거둬들이기도 하거늘 공이 지나다가 경의를 표하였다.

정오를 지나 노량에 이르니, 거제군수 안위(安衛) 등 10여 인이 와서 통곡하며 서로 만났다. 그 패인을 물으니 모두 말하기를 '대장(大將)이 적을 보고 먼저 달아난 소치입니다' 하였다. 뒤이어 배 위에서 유숙하는데 비분이 가슴에 맺혀 밤 새도록 눈을 붙이지 못하여 눈병을 얻었다. 26, 7일 이틀 동안 비를 무릅쓰고 정성(鼎城)에 이르러 원수가 파견한 군대를 사열하니 창과 포도 없고 활과 살도 없는 맨주먹인 사람 몇 뿐이었다. 8월 5일 옥과(玉果)에 이르니 피란민이 도로에 꽉 찼다. 말에서 내려 현에 들어가 안도하라고 타이른 뒤, 6일에 군관 송대립(宋大立)을 보내어 적의 정세를 살피고 7일에 순천으로 가다가 패잔병 1명, 말 세필, 화살 약간을 거둬들이고 곡성(谷城)의 강가 정자에서 유숙하였다.

8일 새벽에 출발하여 부유창(富有倉)을 지나가니 병사(兵使) 이복남(李福男)이 적이 침입한다는 소식을 듣고 겁을 먹어 불을 지르고 달아났으므로 오직 재만 남아서 보기에 참담하였다. 순천에 이르니 군내 관리들이 모조리 도망하여 성의 안팎에 인적이 고요하였으나 관사, 창고의 곡식, 병기 등은 그대로 있었다. 공이 말하기를 '우리가 떠난 뒤에 왜구가 이를 약탈할 것이니 바깥에 두어서는 안 된다' 하고, 모두 땅속에 몰래 묻었으며 쌓아서 간수한 편전(片箭) 약간만 군관이 지니고 여기에서 유숙하였다.

9일. 낙안(樂安)에 이르니 군사들은 달아나고 읍내 마을은 불타버려 광경이 처참하였다. 그런 중에 관리와 촌민들이 옛 장군 이순신이 온다는 소식을 듣고 고통에 빠진 사람이 구세주의 복음을 들은 듯하여 불모지의 바위 틈에서 머리를 내밀어 말 앞에 와서 모이며 병에 넣은 음료를 앞다투어 바치는데 안 받으려

하니 울부짖으며 억지로 떠맡겼다.

17일. 장흥(長興)에 이르러 백사장 물가에서 말에게 물을 먹이고 군영 구미(龜尾)에 도착하니 한 지방이 모두 달아나서 개 짖는 소리도 안 들렸다. 적의 흉한 기운은 바다 위의 하늘을 뒤덮고 사기와 민심은 흙같이 무너지니 영웅의 전쟁할 땅이 어디 있는가. 독자는 눈을 돌려 다시 온 이통제의 수완을 보아라.

제14장 이순신의 재임 통제사와 명량 대첩

8월 3일에 한산도(閑山島) 패보가 들리니 조야가 벌벌 떨며 놀랐다. 임금이 나라의 정무를 맡은 여러 신하를 급히 불러 뜻하는 바 계책을 물으니 모두 어찌할 바를 모르고 황공하여 대답을 못하였다. 경림군(慶林君) 김명원(金命元)이 조용히 아뢰기를 '이는 원균의 죄이오니 오늘의 차선책은 이순신을 통제사로 재임명함에 달려 있습니다' 하니, 임금이 이 말을 좇아 이순신을 충청·전라·경상 삼도 수군통제사로 임명하였다.

칙서에 이르기를 '아, 국가가 의지하여 보장할 것은 오직 수군에 달려 있다고 생각하는데, 하늘이 재앙을 뉘우치지 않았음인지 흉악한 전쟁이 다시 치열하니 드디어 삼도수군으로 하여금 한 번 싸워 모두 없애려 한다……. 이제 특별히 경을 상중에서 등용하고 경을 백의(白衣)에서 발탁하여 충청·전라·경상 등 삼도 수군통제사로 임명한다. 경이 부임하는 날에 먼저 장수들을 불러 위로하고 흩어진 군사를 찾아 모아서 바다의 군영을 만들어 나아가 군기를 바로 잡도록 하여라'고 명하였다.

8월 19일에 이순신이 여러 장수들을 불러 칙서를 읽고 삼가 절한 뒤 회령포(會寧浦)에 이르니 흩어졌던 군사들이 이순신의 통제사 재임함을 듣고 차츰 모여들어 군사 128인과 전선 10척을 확보하였다. 전라 우수사 김억추(金億秋)에게 명령하여 병선을 수습하고, 여러 장수들에게 분부해서 거북선을 임시로 수리하여 군세를 돋운 뒤에 약속하기를 '우리들이 나라의 원수를 갚음에 죽음을 어찌 아끼겠는가' 하니, 여러 장수들이 모두 감동하여 울었다.

24일. 난포(蘭浦)에 나아갔다. 28일에 적선 8척이 몰래 와서 불의에 덮치려 하거늘, 이순신이 나팔을 불며 기를 휘둘러 그들에게 바로 돌진하니 적이 곧 물러갔다. 9월 7일에 적선 13척이 또 오다가 공이 나아가 맞아 치니 곧 달아나고, 이날 밤 2경에 또 와서 포를 쏘므로 공이 군졸을 시켜 포를 응사하니 또 달아났는데, 이는 이순신의 군사가 적음을 알고 속임수로 시험하는 것이었다. 때는 늦가을철이라 바다 날씨가 몹시 추워 군사들이 옷이 없어 한탄하는데, 마침 해안에 피난선들이 몇백 척 정박하여 있었다. 공이 묻기를 '수많은 적들이 바다를 덮었는데, 그대들이 여기에 유숙함은 무슨 일을 하려는 것인가' 하니, 모두 대답하기를 '우리들은 사또를 믿고 여기에 머물러 있습니다' 하였다. 공이 또 말하기를 '그대들이 내 말을 따르면 살길이 있으려니와 그렇지 않으면 죄다 죽을 것이오' 하니, 모두 말하기를 '오직 공의 명을 따르겠습니다' 하므로 공이 말하기를 '장병들이 주리고 추워서 모두 죽을 지경이니 더구나 적을 방어할 방법이 있겠는가. 그대들이 만일 남아 도는 옷이나 양식으로 군졸을 구제하면 이 적을 없앨 수 있고 그대들의 죽음을 면할 수 있을 것이오' 하였다. 군중이 다 이를 따르므로 양식을 나누어 여러 배에 실으니 군사가 일어날 동정이 겨우 있었다.

그러나 중과부적이라, 여러 장수들이 사람마다 하는 말이 '배를 버리고 상륙해야 된다' 하였으나 공이 듣지 않았다. 또 조정에서 수군이 매우 적어 적을 방어하기 어려우니 육전하라고 명하니, 공이 또 장계하기를 '임진년으로부터 이제까지 5, 6년 동안에 적이 호서·호남을 바로 돌진하지 못한 것은 수군이 그 길을 눌러 꼼짝 못하게 한 까닭입니다. 지금 신에게 전선 12척이 있사오니 죽을 힘을 내어 항전하면 방어할 수 있사온데, 이제 만일 수군을 전폐하면 적이 반드시 호남의 오른쪽을 경유하여 한강에 이를 것이오니 이것이 어찌 근신할 바가 아니옵니까. 전선이 비록 적으오나 소신(小臣)이 죽지 아니하면 적이 저를 깔보지 못합니다' 하였다. 우수영 앞바다에 나가 여러 장수들을 모아 놓고 약속하기를 '한 사람이 요새를 지키면 천 사람이 두려워한다 하였듯이 지금 우리가 진을 친 지역이 그러하니, 여러 장수들은 근심하지 말고 다만 불외사(不畏死:죽음을 겁내지 않는다) 석 자만 늘 지니면 싸울 수 있다' 하였다.

16일 이른 아침에 적이 하늘을 덮고 바다를 막을 기세로 명량에서 우리 진을 향하여 오므로, 이통제가 여러 장수들을 거느리고 나가서 방어하였다. 적선 30여 척이 신속하게 전진하며 우리 배를 에워싸려 하므로, 이순신이 노를 잽싸게 저어 돌진하면서 각군을 재촉하여 총을 마구 쏘아 대니, 적병이 바로 침범하지는 못하고 진퇴를 자주 하였다. 이때에 중과부적의 형세뿐 아니라 적선들이 우리 배를 십수 겹이나 에워싸고 장사진의 기세로 전진하는데 그 형세를 헤아릴 수 없었다. 각 배의 여러 장수들이 서로 돌아보며 실색하므로 공이 웃으면서 말하기를 '적이 비록 수많은 배로 오더라도 우리 배에 사로잡히게 될 터이니 함부로 행동하지 말고 포쏘기에나 전력하라' 하였다. 이 두어 마디 말이 얼마나 시원하며 얼마나 자신이 있는가. 장병마다 감격하여 용기를 내어 초요기(招搖旗)를 한 번 휘날리니 여러 장수들이 앞다투어 진격하였다. 바다에는 두 나라 군사의 싸움 소리요, 산 위에는 관전하는 사람들의 광경이었다.

　이통제만 재기하면 원수인 왜를 통쾌히 보복할 줄로 믿고 원근 백성이 이고 지고 백리 혹은 천리길을 와서 우뚝 솟은 높은 봉우리를 의거하여 이통제의 전황을 관람하였다. 우리 배 12척이 바다에 깃발을 펄럭이는데, 물경 수천 척의 적선들이 일시에 에워싸서 검은 구름이 모이고 흩어진 안개가 합쳐지는 듯 하였다. 그런데 우리 배는 어디에 묻혔는지 모르겠고 다만 공중에 칼날의 빛이 번쩍이며, 하늘 가에 거포의 소리가 크게 울리었다. 관전하는 사람들이 서로 붙들고 통곡하며 말하기를 ‘우리들은 이통제만 믿고 왔는데 이제 이러하니, 아, 우리들은 누구와 함께 살겠는가’ 하였다. 곡소리가 어지러운데 산이 무너지는 듯 하는 큰 소리가 맹렬히 나며 적선 30여 척이 부숴지고, ‘조선 삼도 수군 통제사’라고 크게 쓴 깃발이 펄럭이며 우리 배가 날랜 용처럼 그 뒤를 두르고 나오니 하늘의 조화인가, 신의 조화인가, 이를 어찌 믿겠는가. 모든 관전인들이 손으로 이마를 치며 ‘조선 만세’를 크게 외쳤다.

　이리하여 적선 수천 척이 파괴되거나 달아나고 혹은 사로잡혔는데, 우리 배 12척이 왔다갔다 어지러이 달려 돌진하며 위엄과 무력을 자랑하였다. 장하다. 아득한 바다에서 왜를 쫓기를 노루 쫓듯하는 기이한 경관을 드러내었다. 이 전쟁에 우리 배가 물속의 천연 요새를 먼저 차지하였다. 그랬을 뿐더러 전투하기

겨우 1합에 적의 선봉선을 쳐부수고 그 무쌍한 용장 마다시(馬多時)를 목 베어 적의 기세가 먼저 꺾였으므로, 12척의 적고 약한 병력으로 수천 척의 적함을 무찔러 없앴다. 이충무가 또한 이전에 자칭하기를 '나의 명량 전승은 훈련 받지 않은 신병과 10척이 채 안 되는 배로서 수천 척 적선과 수만 명 적군을 이겨 제압하였으니, 이는 하늘의 도움이고 국가의 위엄 있는 정신이라, 우연히 꿈속에 생각하여도 크게 환호하여 마지않았다' 하였다.

17일. 배를 인솔하고 외도(外島)에 나가니 피난민들이 그 열성을 다하여 노래와 춤으로 손뼉치고 뛰며 소와 술을 앞다투어 바쳤다. 이때에 적이 드디어 멀리 달아나니, 이에 이통제가 날마다 편장에게 지시하여 각지를 돌게 하고 유민을 깨우쳐 타이르며 흩어진 군사를 소집하니, 몇 달 안에 장병이 운집하여 군사의 기세가 크게 떨쳤다. 비록 그러하나 이통제의 신기로운 계략이 한 나라를 능히 보전하면서 그 가정은 보전하지 못했으며, 한 나라의 백성은 구제하면서 그 아들은 구제하지 못하였다.

슬프다. 저 수가(秀家)·행장·청정 등이 원균의 말을 빌려 이통제를 살해하고 그 야심을 펴려 하다가, 몇 차례 죽을 뻔한 이통제가 다시 살아나서 구차한 12척의 남은 배로 수만 왜병을 뒤집어서 없앴다. 적이 몹시 분하고 부끄럽고 쓰라린 마음을 누를 수 없었으나 이통제의 혜안이 비치는 곳에 보복을 행할 여지가 없었다. 그러므로 명량에서 패전한 뒤에 그날로 빠르고 날랜 기병을 보내어 이통제의 고향 아산(牙山) 금성촌(錦城村) 한 동네를 불태우고 살육을 멋대로 저지르는데, 이통제의 셋째아들 면(葂)이 열 몇 살의 어린이로 집에서 말타기·활쏘기를 익히다가 왜병의 침입을 보고 즉시 소포를 쏘아 적 셋을 죽이고 이리저리 달리며 공격하였다. 슬프다. 한 어린 호랑이의 외로운 활약으로 여러 늙은 이리떼와 싸웠으니 대적이 안 되어 칼날에 엎어져 죽었다.

담력과 지략이 있고 말타기·활쏘기를 잘하여 장래 자기의 뒤를 이어 국가의 장성(長城)이 되리라고 여긴, 가장 사랑하는 아들의 부음을 접하매 다정한 영웅의 마음이 과연 어떠했을까. 부고 서신을 안고 곡하여 말하기를 '슬프다 내 아들아, 나를 버리고 어디로 가는가. 영특한 기질이 범인을 벗어났는데 하늘이 세상에 머무르지 않게 하였는가. 내가 지은 죄의 화가 너에게 미치게 하였나. 이제 내가 살아있은들 장차 누구를 의지하겠는가…' 하고, 하룻밤을 한 해처럼 보냈다. 슬프다. 이는 또 모상을 당한 후의 몹시 애통한 눈물이었다.

제15장 왜구의 말로
(1)풍신수길의 죽음과 우희다 수가(宇喜多秀家)의

달아남. (2)행장과 청청의 살길 애걸. (3)명(明)의 군사가 와서 도움. (4)이순신의 이웃나라 장수 교제. (5)적과 함께 죽겠다는 이순신의 결심.

풍신수길이 '한 번 뛰어 바로 대명국에 들어가겠다'고 장담하여, 길을 빌려 주면 명을 쳐서 없앤다는 계략으로 우리 나라를 꾀었으나 뜻을 이루지 못하였다. 그러자 즉시 우히다 수가·가등청정·소서행장 등 여러 장수들을 파견하여 30만 군사를 거느리고 세 길로 침입하는데, 그의 왕성한 야심이 8도를 심킬 듯했다. 그러더니 갑자기 경상·전라의 해구에서 하늘이 내린 위대한 명장에게 눌리어 왜장들은 끝채 밑의 망아지처럼 몸을 움츠리며 왜병들은 물고기 배때기 속에 모두 장사지내어 그 울분이 터질 것 같아 8년 동안 전쟁을 계속했으나 여러 차례 패전만 당하였다. 이에 수길이 한 맺힌 피를 토하고 죽어 거꾸러지니 두 나라간의 전쟁이 차츰 소멸할 시기가 이르렀다.

수군의 승리를 큰소리 치며 자청하여 담당한 우히다 수가가 이 지경에 이르니, 그 패할 징조를 먼저 알아채고 군사를 버리고 멀리 달아났다. 저 만족할 줄 모르는 행장·청정은 우리의 내륙 지방에 깊이 들어왔다가 육지에서는 의병이 에워싸고 바다에서는 3도 수군이 막아 진퇴유곡의 처지를 당하였다. 그리하여 행장은 순천에 주둔하고 청정은 울산에 진을 쳐서 위험에 몰린 약한 짐승처럼 발악하여 이곳저곳으로 돌며 싸우려 하였다. 그러다가 청정은 도원수 권율과 이덕형(李德馨)에게 포위되어 도산성(島山城) 가운데에서 한 웅큼의 물도 구하지 못하여 여러 날 굶주리고, 행장은 전라도의 해륙 두 선이 어울리는 중간에서 어정거렸는데 그 세력이 적수 아님을 자인하고 여러 차례 사자를 보내어 화친을 요청하였다. 그러나 왜적과 함께 같은 하늘 아래에 살지 않기로 스스로 맹세한 이순신이 어찌 이를 허락했겠는가. 심부름 온 사람을 물리치고 더욱더 군사를 전진하여 적의 귀로를 막았는데, 선조 무술년 6월 27일 고금도(古今島)에 옮겨 진을 쳤으니 이는 전라 해구의 제일 요해처였다. 의용 승병을 모집하여 각지를 지키고 농민을 모아 섬 안에서 농사 짓게 하였다. 또 날랜 기병을 사방으로 나누어 출동하여 노략질하는 왜구를 무찔러 없애게 하고 행장·청정은 천연적인 요새지에 가두어 그 군사를 지치게 한 연후에 소탕하기로 계획을 결정하였다.

 7월 16일에 명국 수군도독 진린(陳璘)이 수군 5천 명을 거느리고 와서 바다에 내려 아군과 합치니 수군의 명성과 위세가 한층 더 굉장하였다. 그러나 진린은 성질이 거칠고 사나우며 골을 잘 내기로 알려진 사람이라, 그 나라의 동료 장수들과도 서로 친한 이가 없었다. 더구나 언어가 불통하고 풍속이 다른 타국의 여러 장병들과 시종 알력이 없기를 어찌 바랄

수 있겠는가. 두 나라 장수가 한 번 알력이 생기면 양국의 병사가 반드시 갈라질 것이고, 두 나라 병사들이 한 번 갈라지면 왜적 토벌하기는 고사하고 도리어 서로 해치기가 쉬운 형편이었다. 그러므로 조정에서 이를 염려하여 임금이 '진린을 후대하라'고 당부하는 글을 내렸으며 영의정이 '진린을 잘 교제하라'는 친서를 보내었다. 비록 그러하나 이통제 심중에는 이미 한 가지 좋은 계책을 정하여 놓고 여유 만만한 수단으로 진린을 기다렸다.

진린의 군대가 비로소 이르자 이통제가 곧 소를 잡고 술을 주선하여 진영의 여러 장수들을 크게 위로하고 즐겁게 하였다. 그런 뒤 그 군사들이 사방으로 나가 우리 백성의 재산을 약탈하였다. 이통제가 군사와 백성에게 영을 내려 크고 작은 오두막집을 동시에 헐도록 하며 자기의 옷가지와 이불·베개 따위도 배 안에 운반케 하였다. 진린이 곳곳에서 집을 허는 광경을 보고 몹시 괴이하게 여겨 사람을 보내어 물었다. 공이 말하기를 '장군의 휘하 병사들이 포학하게 약탈하여 백성이 견디지 못하므로 각자가 집을 헐고 멀리 이사하는데 내가 대장이 되어 무슨 면목으로 여기에 홀로 머무르겠습니까. 나도 이대로 진도독을 영원히 작별하고 바다에 떠서 멀리 달아나려 합니다' 하였다. 진린이 이 말을 듣더니 크게 놀라 달려와서 이통제의 손을 당겨 잡으며 말하기를 '공이 만약 가버리면 린이 누구와 적을 방어하겠소' 하며 진정으로 나무랐다. 공이 이에 강개하여 눈물을 흘리며 말하기를 '우리 나라가 왜적의 화를 입은 지 이제 8년입니다. 우리의 성읍을 불태우고 헐며 우리 백성을 살해하며 우리 조상의 무덤을 파헤치며 우리의 재산을 약탈하였습니다. 부모는 그 자식을 곡하며 아내는 그 남편을 곡하며 그 집과 돈을 잃어버려 지금 8도 백성이 '왜구(倭寇)' 두 글자를 생각하면 마음과 뼛속이 쓰라립니다. 순신은 비록 미욱하고 어리석은 무부에 불과하나, 역시 떳떳한 성품을 받아 국치·민욕을 대강 아는 자입니다. 그런데 지금 장군이 우리 나라를 위하여 만리길을 오셔서 도우는데 순신이 장군을 작별하고 홀로 달아나고자 하니 어찌 이렇게 사람의 도리와 먼 생각을 차마 하겠습니까. 비록 그러하나 지금 장군 휘하 병사들의 사나운 노략질을 보니, 당당한 의용 군사로서 무도한 만행을 감히 저지르므로 아, 우리 백성이 어찌 이 괴로움을 거듭 감당하겠습니까. 순신이 이 광경을 차마 볼 수 없어서 마침내 떠나려 합니다' 하였다.

진린이 이 말을 듣고 발끈 화를 내며 성난 얼굴로 말하기를 '린이 지금부터 휘하 병사들을 엄중히 단속하여 추호도 저지르지 못하게 하리니, 공은 잠깐 머무르소서' 하니, 공이 말하기를 '안 됩니다. 영문을 엄하게 지키므로 우리 백성이 설혹 원통하고 분함을 호소하려 해도 그 길이 매우 어려울 테니, 장군이 아무리 현명하나 어찌 휘하 병사들이 외출하여 저지른 일을 일일이 살피겠습니까. 장군이 만일 순신을 머무르게 하려면, 오직 한 가지 방법이 있으니 장군이 이를 쾌히 따르실는지요' 하였다. 진린이 말하기를 '오직 공의 말을 곧 따르리니 그 사실을 말하시오' 하므로, 이순신이 말하기를 '장군의 휘하 병사들이 우리나라를 돕는다는 세력을 믿고 거리낌 없이 이렇게 멋대로 행동하니, 장군이 만일 나에게 군권을 임시로 주어 그 죄를 다스리게 하면, 두 나라 군대와 백성이 서로 편안할 것입니다' 하였다. 그러자 진린이 '좋습니다. 오직 공의 말을 따르겠소' 하였는데 이 뒤로 명의 병사 범죄를 이통제가 엄중하게 다스렸다. 이리하여 안도하게 되고 명의 병사가 이통제를 두려워함이 진린보다 더하였다.

18일에 적선 1백여 척이 녹도를 침범하였다고 정탐병이 와서 알렸다. 이통제와 진도독이 전선을 각각 거느리고 금당도(金堂島)에 이르니, 다만 두 척의 적선이 있다가 우리 배를 바라보고 급히 달아났다. 이통제는 8척, 진도독은 20척을 출동하여 절이도(折爾島)에 매복하고 함께 돌아왔다. 24일에 이통제가 운주당(運籌堂)에서 술을 준비하고 진린을 맞이하여 대작하고 있는데, 진린의 휘하 천총(千摠)이 와서 알리기를 오늘 새벽에 적선 6척을 만나서 조선 수군이 이들을 모두 사로잡았다고 하였다. 진린이 대로하여 꾸짖어 물리치거늘, 이 통제가 그 뜻을 이해하고 유순한 말로 권하며 그 포획한 배들과 왜두 69급을 주고 말하기를 '장군이 참전한 지 며칠이 안 되었는데, 즉시 노획한 공으로 귀조에 아뢰면 어찌 훌륭한 일이 아니겠습니까' 하였다. 진린이 매우 기뻐하여 드디어 종일 잔뜩 취하고 배불리 먹었으며, 이후로부터 이통제의 뜻을 더욱 받들어 자기들의 배가 비록 많으나 적을 방어하기에 부적당함을 자각하였다. 이리하여 우리 판옥선을 타고 이공의 절제를 받기를 원하며 항상 '이야(李爺)'라 칭하고 이름을 부르지 않았다.

9월 14, 5일경에 각처의 적장들이 소서행장의 순천진으로 모두 집합하였다. 이공의 혜안이 그가 철수하리란 것을 이미 알고 강개하여 말하기를 '내가 어찌 오랜 원수인 적이 살아서 돌아가기를 허락하겠는가' 하였다. 이날 진린과 함께 수군을 인솔하고 19일에 우수영 앞을 지나 20일 순천 예교(曳橋)에 이르니 곧 소서행장의 진 앞이었다. 군사를 사방으로 배치하여 그 퇴로를 막고 날랜 기병으로 장도(獐島)를 덮쳐 적의 군량을 빼앗았다.

제16장 진린의 중도 변심과 노량 대전

속담에 이르기를 '천하에 뜻대로 안 되는 일이 십중 팔구라' 하더니 과연이었다. 이순신이 통제사로 재임한 이후에는 조정의 신뢰가 두터운 중에 또 외국의 원군이 와서 군사의 위세가 더욱 씩씩하였으니 이는 호랑이 겨드랑이에 날개를 단 것이라고 일컬을 만하였다. 더구나 또 명의 장졸이 이통제에게 한 마음으로 복종하여 '이야'라 칭하며 천하 명장으로 우러러보았다. 그리하여 온 천하를 경륜하여 다스리는 재주와 국가에 큰 공이 있는 사람이라고 기리어 오직 그의 명을 따랐으니 이후로 이순신의 성공은 터진 강물이 세차게 흘러내리듯이 걸림이 없을 듯하였다. 아, 이순신의 일생 역사는 간고로 시작하여 간고로 끝남이 곧 하늘의 고의(故意)였는가. 이제 죽는 전날까지 한 번 마귀의 장난이 또 닥치었다.

당시 중국의 원군 장병들이 그 얼굴에는 충의의 빛을 띠고 그 입으로는 강개한 말을 하였다. 그러나 그들은 돈 몇 푼만 보면 그 충의, 그 강개가 하늘 밖으로 날아가고 온 몸이 저 황금을 향하여 공경하고 굽신거리는 자들이니, 이 따위 못난이들과 무슨 일을 이루겠는가. 그러므로 그들의 원조가 이통제에게 해로움은 많으나 이로움은 조금도 없었다.

이순신이 장도에 의거하여 적의 퇴로를 끊은 이래로 행장은 군량이 떨어지고 세력이 없어졌다. 그럴 뿐더러 이순신이 진린과 함께 날마다 진공하여 잇달아 승전하니, 행장은 대단히 움츠러들어 명의 장수 유정(劉綎)에게 사람을 몰래 보내어 뇌물을 후하게 바치고 돌아갈 길을 빌었다. 유정이 후한 뇌물을 탐하여 진린에게 보고하기를 '행장이 장차 철수하여 돌아가려 하니, 이를 막지 말아야 할 것입니다' 하였다. 그 뒤 행장이 십수 척을 출동하여 묘도(猫島)에 나오자 이순신과 진린의 군사가 이들을 공격하여 섬멸하였다. 행장이 유정의 신의 없음을 꾸짖으니 유정이 말하기를 '그대가 진 장군에게 화친을 청하오' 한다. 행장이 은화와 보검을 진린에게 바치며 청하기를 '군사들이 전쟁을 않기를 바라니 우리의 길을 빌려 주시오' 하니, 린도 탐욕이 있는 자라 이를 허락하고, 또 이순신에게 길을 빌려 주라고 권하였다. 이순신이 말하기를 '대장으로 화친을 논하는 일이 옳지 않으며 원수인 적을 놓아 보내는 것은 더욱 옳지 않는데 공이 무슨 까닭으로 이런 말씀을 하는지요' 하니, 린이 잠자코 있다가 행장에게 말하기를 '그대가 이통제에게 화친을 청하오' 하였다. 이리하여 행장이 또 이통제에게 사람을 보내어 총검과 보화를 많이 바치며 귀로를 청했는데, 이순신이 말하기를 '임진년 이래로 내가 왜구에게 포획한 총검과 보화가 산더미처럼 수두룩하니 너희들이 보낸 것을 받아도 쓸 곳이 없으며, 또 우리 나라는 왜인의 머리를 보화로 여긴다' 하고 이를 물리치며 행장이 내보낸 배 수십 척을 무찔러 적을 살해하였다.

진린은 적을 놓아 돌려 보내려는 마음이 적의 벗어

나려는 마음보다 더욱 절실하였다. 하루는 이순신에게 말하기를 '내가 남해의 적을 토벌하려 하오' 하므로 이순신이 말하기를 '남해 주민은 반 이상이 포로된 우리의 백성인데, 장군이 적군을 토벌할 임무로 와서 적은 치지 않고 백성을 도리어 토벌하려 함은 무슨 뜻이오' 하였다. 린이 말하기를 '이미 적에게 붙었으니 적과 일반이지요' 하므로, 이순신이 말하기를 '위협에 따른 사람은 벌을 주어서는 안 된다 하였는데, 포로를 어찌 적과 같은 정도로 토멸하리오' 하니, 린이 부끄러워하며 그 말을 따랐다. 행장은 계책이 궁하여 또 돼지와 술을 린에에 넉넉히 보내고 많은 뇌물을 더 보태어 잇달아 청하기를 '각처의 모든 주둔지에 사람을 보내어 바다를 건널 약속을 함께 정하리니, 제독은 이를 굽어 살펴 허락하소서' 하니, 진린이 뇌물을 탐하여 그 말을 믿고 뱃길을 몰래 열어 적의 작은 통신선 1척을 허락하여 내보냈다.

진린의 휘하 병사로 이순신을 진심으로 따르는 사람이 이 소식을 알렸는데, 이순신이 몹시 놀라 탄식하여 말하기를 '적이 이번에 가서 반드시 각처에 주둔하는 왜와 소식을 서로 통하여 한 곳에 집합하고 기일을 잡아 나를 범하려 함이니, 내가 만일 이에 대항하다가 앞뒤로 적의 공격을 받으면 우리가 잠깐 동안에 전멸하리니, 넓은 바다에 병사를 이동하여 결사적으로 한 번 싸워야 된다. 애석하다, 진씨여. 몇 조각의 황금에 침을 흘려 큰일을 그르쳤구나' 하고, 이에 유형(柳珩)·송희립(宋希立) 등과 계책을 결정한 뒤에 린에게 일이 돌아가는 기틀의 급박함을 보고하니, 린이 몹시 놀라 깨닫고 자책하였다. 이순신이 말하기를 '지난 일은 비록 뉘우쳐도 어쩔 수 없으니 오늘의 계책은 오직 다만 넓은 바다에 나가서 적군을 맞받아 공격해야 됩니다' 하고, 탐망선을 보내어 적의 정세를 살폈다. 18일 유시쯤에 곤양·사천·남해 각지의 적이 노량으로 오고 있다 하므로, 이순신이 진린과 서로 약속하고 이날 밤 2경에 함께 출동하는데, 3경에 배 위에 홀로 서서 손을 씻고 향을 피워 하느님께 빌기를 '이 원수를 없앨 수 있으면 곧 죽어도 유감이 없습니다' 하였다.

4경에 노량으로 가서 포구와 섬 사이에 병선을 잠복하고 기다렸더니, 조금 뒤 적선 5백여 척이 광주 바다로부터 노량에 이르렀다. 좌우 양군이 갑자기 출동하여 이들을 포격하니, 적선이 놀라 흩어졌다가 오랜 뒤에 다시 합쳤다. 이통제가 말하기를 '우리들의 승패와 사활이 이 전쟁에 달려 있다' 하고, 포를 지원하여 오른손으로 북을 치며 크게 호령하고 먼저 배에 올랐다. 모든 군사들이 그 뒤를 앞다투어 따라 적을 죽이니 그들은 지탱하지 못하여 관음포(觀音浦)에 퇴진하여 들어갔다. 날이 밝으니 적들은 나올 길이 없음을 알고 군사를 돌려 죽기를 각오하고 싸우므로 이통제와 진도독이 힘을 합쳐 혈전하였다. 이때 명의 부총병 등자룡(鄧子龍)의 배에 불이 나서 군사들이 놀라서 소란하며 배가 기울어지는데, 적이 이 틈을 타서 자룡을 죽이고 그 배를 불태웠다. 아군이 바라보고 서로 손가락으로 알리며 말하기를 '적선이 또 불에 탄다' 하고 각각 환호하며 떨쳐 나아갔다. 적장 3인이 누선(樓船) 위에 우뚝하게 앉아서 독전하는데, 이통제가 포를 쏘아 그 중 하나를 죽였다. 호준포(虎蹲砲)를 연발하여 적선을 쳐부수고 있는데, 홀연히 큰 철환이 한 알 날아와서 이통제의 왼팔을 가로로 뚫었다. 검을 잡고 넘어지더니 곧 일어나서 북을 울리며 천천히 배의 다락에 들어갔다. 곧 부장(部將) 유형을 불러 겨드랑이를 들고 상처를 보이며 말하기를 '나는 죽을 것이니 공은 애써라' 하며 방패로 가리고 아들 회(薈)와 조카 완(莞), 시중드는 사내종 김이(金伊)를 돌아보며 '전쟁이 치열하니 내가 죽거든 곡소리를 내지 말라. 군대 안의 심리 상태가 놀라움으로 동요될까 두렵다' 하였다. 말을 마치고 눈을 감으려다가 아군의 외치는 소리를 듣더니, 기쁜 기분이 두 눈썹 사이에 넘치며 유유히 서거하였다.

휘하 장병들이 그 유언에 따라 상(喪)을 비밀로 하고 기를 휘날리며 독전하는데, 유형이 여섯 번 탄환에 맞고 송희립이 한 번 맞아 정신이 아찔하여 배 위에 넘어졌다가 조금 뒤 다시 일어나서 상처를 싸매고 출전하였다. 양군의 배들이 서로 부딪쳐서 장검이 마주 치고 화살이 비 오듯, 탄환이 우박 떨어지듯 바다 위에 퍼붓더니 새벽에 시작하여 낮에 이르자 적의 기세가 크게 꺾였다. 아군이 더욱더 추격하여 적선 2백 척을 침몰시키고 적군 수천 명을 사로잡으니, 적의 굳센 장수와 사나운 군졸이 이 전쟁에 모두 죽고 그들의 자재와 기계가 이 전쟁에 다 결딴났는데, 하늘의 그물이 넓고 커서 저 행장을 빠뜨렸다.

왜선을 모두 침몰시키고 전쟁이 끝나니 3도 수군 장병들이 노를 두들기며 양양하게 개가를 부르고 배를 돌려 오는데, 참담한 배의 다락 위에서 한 조각 처량한 소리가 슬픈 바람 소리와 섞여 흘러 나오니 이회·이완 등이 이통제를 출상함이었다.

아, 꿈인가. 공의 서거가 어찌 그리 빨랐는지. 두 나라 장병들이 이통제의 전사를 비로소 알고 아군에 유형 이하, 명군에 진린 이하, 수만 장병들이 하나하나 병기를 버리고 서로 쳐다보며 슬피 우니 그 소리가 바다 위의 하늘에 크게 울려 퍼졌다.

제17장 이순신의 상을 당하여 돌아옴과 그 유한
무술 11월 20일. 조선 효충 장의 적의 협력 선무공신(朝鮮效忠仗義迪毅協力宣武功臣) 전라좌도 수군절도사 겸 충청 경상 전라 삼도 수군도통제사(全羅左道水軍節度使兼忠淸慶尙全羅三道水軍都統制使) 이순신의 영구(靈柩)가 고금도에서 출발하여 아산(牙山)으로 돌아오는데, 길가의 남녀들이 상여를 잡아당기며 슬피 곡하기를 마지아니하여 곡성이 천리에 끊이지 않고 8도 백성이 모두 친척같이 슬퍼하였다.

아, 임진년에서 무술년에 이르기까지 시작과 끝남의 7년간 역사를 고찰하건대, 우리 대동 민족의 치욕과 고통이 과연 어떠하였던가. 늙은이와 어린이들은 구렁텅이에 구르고 장정들은 칼날에 사상하며 굶주려도 음식을 구하지 못하고 추워도 옷을 구할 수 없었다. 아침에 단란하게 모였던 부모·처자가 저녁에 서로 잃어버리며 저녁에 기뻐 악수하던 형제·붕우가 아침에 서로 헤어져서 죽은 사람은 말할 것도 없고 산 사람도 그가 죽은 지 이미 오래 된 줄 알았다. 그런 중에 천고 명장 이통제가 일어나서 그 손으로 내가 물에 빠짐을 도우고 그 말로 나의 소생을 부르짖어 피를 토하며 여윈 나를 살찌게 하고 성심을 다하여 죽은 나를 살렸다. 내가 다시 살아난 그날에 공의 죽음이 갑작스러웠으니, 이 백성이 이충무에 대하여 곡해야 될 것의 하나이다.

나의 생존과 안거며 의복과 음식이며 거문고와 비파는 공이 준 것이다. 나의 일어서고 앉음과 노래하거나 곡하는 것이 공의 은택이 아님이 없는데, 우리들은 공의 은택을 털끝 만큼도 보답하지 못하였다. 공의 7년 전쟁 동안에 우리들을 위하여 노고하던 역사를 회고하니 어찌 슬프지 않으리오. 이것이 이 백성이 이충무에 대하여 곡해야 할 것의 둘이다.

공이 7년 이전에 죽었더라도 우리들은 다 죽었을 것이며, 공이 7년 이후에 태어났더라도 우리들은 이 전란에 모두 죽었을 것이다. 공이 7년 전쟁의 제1년에 죽었거나 제2년에 죽었거나 혹은 제3년, 제4년, 제5, 6년에 죽었더라도 이 전란에 우리들의 죽음을 구제할 사람이 없었을 것이다. 그렇거늘, 이에 공이 선도 아니고 후도 아니게 이때에 나서 이 7년을 지냈으니, 그 동안에는 탄환에 맞아도 죽지 않고 검에 찔려도 죽지 않았다. 옥에 갇혀도 죽지 않고 수많은 창과 포탄이 와도 죽지 않으며, 만고 풍상 해상 생애를 7년 전쟁이 끝날 무렵 노량에 이르러 마쳤던 것이다. 공은 필시 하느님이 내려보낸 천사로 수군영에 들게 하여 그 노고와 참혹한 피로 우리들의 생명을 바꾸고 갑자기 서거하였으니, 우리 백성이 이충무에 대하여 곡해야 할 것의 셋이다.

우리 백성이 이충무에 대하여는 이런 정감이 있지마는, 영웅의 마음가짐은 원래 이러한 것이 아니다. 그 맑은 서리와 흰 눈 같은 가슴 속에 부귀도 없고 안락도 없으며 근심과 괴로움도 없다. 다만 나라와 국민에 대한 두 눈빛의 번쩍임이 무한하므로 내 몸을 죽여 나라와 백성에게 유리하다면 아침에 나서 저녁에 죽어도 좋고 저녁에 나서 아침에 죽어도 좋다는 생각이었다. 천지가 개벽한 이래로 죽지 않는 사람이 절대로 없고 죽은 뒤에는 썩지 않는 뼈가 결코 없다. 부귀하던 자, 빈천하던 자, 안락하던 자, 근심 걱정하던 자, 오래 산 자, 일찍 죽은 자도 마침내는 한낱 썩은 뼈가 되는 것이다. 끝내 만고불변의 이치로 한낱 썩은 뼈가 될 내 몸을 죽여 미래 억만년 동안 길이 보존할 우리 나라와 우리 국민에게 이롭다면, 어찌 이를 피하며 어찌 이를 하지 않겠는가. 설혹 광성자(廣成子)처럼 오래 살고 석숭(石崇) 같은 부자로서 고량진미를 먹고 백발노인으로 꼿꼿하게 산다 하더라도 나라와 백성의 치욕이 날로 심하여 사방에 죽이는 소리, 곡성·원성, 한탄하는 소리, 신음 소리가 들리면, 나 혼자 차마 살아서 즐길 수 있겠는가. 대개 영웅의 눈빛은 이 점을 재빨리 간파하므로 이충무를 보건대 당시 문관의 요직을 부러워하지 않고 모든 사람들이 천하게 본 무반에 올라 우리 나라 무사 정신을 발휘하기로 자임하였다. 권신·귀척을 하찮게 여겨 그 문전에 발걸음하지 않고 지조를 지켰다. 그러다가 동남쪽에 괴상한 구름이 흘러 나랏일이 혼란스럽고 어수선하니, 가정이나 자신을 돌보지 않고 장검을 휘둘러 공직에 나아가 그 목적이 이루어지자 죽음을 마다하지 않았다.

아, 누가 이충무의 죽음을 곡하는가. 대장부가 충의를 품고 국란에 나가서 무쌍한 큰 마귀를 쳐서 없앴다. 그리하여 수많은 백성을 구제하고 내 몸을 시원하게 트인 마음으로 탄환 한 발에 죽어서 높이 솟은 명정을 요사스런 기운이 말끔하게 갠 바다 위의 하늘에 휘날리며 빛나는 상여를 고향 산천에 돌리어 전국 8도에 개가 소리가 양양한 가운데 상례를 거행하였다. 아, 장하도다. 누가 이충무의 죽음을 곡하는가. 오직 노래 부르며 춤추는 것이 좋으리라.

비록 그러하나 후세 사람이 이충무를 위하여 곡할 바가 있다. 대개 이충무가 입신하던 초기에 숱한 당파의 무리와 문약한 도당이 영웅을 움츠러들게 하여 빨리 등용 못했으므로 그 공이 겨우 이에 그쳤다. 중간에 몇몇 헐뜯고 시기하는 신하가 못된 재주를 부려 수년 동안 애써 모은 전쟁 물자를 탕진했으므로 그 공이 또 겨우 이에 이르렀을 따름이다. 하늘이 위인을 낳아 우리 국민의 무사적 정신을 이처럼 북돋우었거늘, 또 저 백성의 적(賊) 겁쟁이들이 크게 해쳐 선동하여 공이 죽은 뒤 수백 년 동안에 나라와 백성에게 치욕이 자주 닥쳤으니, 이것이 후세 사람으로 이충무를 위하여 곡할 바이다. 그러나 어찌 다만 후세 사람의 곡할 바가 될 뿐이겠는가. 또한 지하 이충무의 눈이 감기지 않으리라.

제18장 이순신의 여러 장수와 공의 유적 및 기담

○ 정운(鄭運)

어릴 때부터 충의(忠義)로 자부하며 〈정충보국(貞忠
輔國)〉 4자를 검에 새겼다. 임진란에 이순신을 따라
서 적을 여러 번 쳐부수고 전투마다 용맹을 떨쳐 먼
저 출동하므로 이순신이 신임하며 우러러 탄복하였
다. 부산 전투에 적의 탄환을 맞아 죽으니, 이순신이
대성통곡하여 말하기를 '국가의 오른팔을 잃었다' 하
였다.　　　　　　　　―《선묘중흥지(宣廟中興志)》《영암군지》

　○ 어영담(魚泳潭)
　광양현감(光陽縣監)으로 임진왜란을 당하였다. 이순
신을 만나보고 부산 전투를 힘껏 도왔다. 이순신이
수로의 험하고 순탐함을 몰라 걱정하니, 영담이 강개
히 선봉장이 되기를 자쳐하므로 이를 허락하여 여러
차례 큰 공을 세웠다. 이순신이 조정에 장계하여 수
전(水戰) 수비에 능함과 그의 망신위국(忘身爲國)하는
충성을 포상하고 조방장(助防將)으로 삼아 주기를 청
하였다.　　　　　　　―《조야집요(朝野輯要)》《이충무 장계》

　○ 이억기(李億祺)
　전라우수사로 이순신을 따라서 적을 여러 번 쳐부
수었다. 이순신이 나포(拏捕)되자 곡하며 말하기를
'우리들이 죽을 곳을 모르겠다' 하더니, 원균(元均)
이 패하여 달아나매 그 전투에 순국하였다.
　　　　　　　　　　　　―《이억기 행장(李億祺行狀)》

○ 송대립(宋大立)·희립(希立) 형제

함께 충용 의기(忠勇義氣)가 보통사람보다 뛰어났다. 대립은 첨산전(尖山戰)에 순절하고, 희립은 장도(獐島) 전투에 탄환을 맞고도 역전하여 이순신이 죽은 후에 군대의 위력을 떨치고 적을 대파하였다.

○ 유형(柳珩)

남해현감으로 이순신을 따라서 적을 토벌하였다. 우의정 이덕형(李德馨)이 이전에 이순신에게 슬쩍 묻기를 '공의 부하 여러 장수 중에 공의 후임을 이을 사람이 있겠소' 하니, 답하기를 '충의와 담략(膽略)이 유형보다 나을 사람이 없으니, 크게 등용할 만한 인재입니다' 하였다. 이순신이 죽으니 이덕형이 조정에 천거하여 통제사를 임명받았다.

○ 이순신(李純信)

중위장(中衛將)으로 이순신을 따라서 왜란 초에 원균 휘하에서 싸우는데, 고성 앞바다에서 세 번 싸워 모두 이겼다. 그 후에도 항상 용맹을 떨쳐 먼저 출동하여 이순신이 신임하였다. ―《이순신 묘갈(李純信墓碣)》

○ 정경달(丁景達)

이순신의 종사관(從事官)이 되어 특별한 공을 여러 번 세웠다. 후에 조정에 들어가서 이순신의 위국충의

208

와 적을 방어하는 재략을 극진히 아뢰고 원균의 무고
(誣告)를 힘써 밝혔다.　　　　　　—《정씨가승(丁氏家乘)》

　○ 송여종(宋汝鍾)

　이순신과 함께 노량에서 전투하였는데, 적병이 대
패하여 바닷물이 벌겋게 되었으니 이 싸움이 중흥 전
공(戰功)의 으뜸이었다. 여종의 공은 또 이순신의 부
하 여러 장수들 가운데 제일이었다.

　　　　　　　　　　—《송여종 비명(宋汝鍾碑銘)》

　○ 이영남(李英男)

　조방장으로 이순신을 따라서 전투 때마다 이를 갈
며 몸을 돌보지 않았다.　　　　—《진천현지(鎭川縣志)》

　○ 황세득(黃世得)

　이순신의 손위 사촌 처남인데 강개하고 기절(氣節)
이 있었다. 명량전쟁에 힘껏 싸우다가 죽으니, 이순
신이 말하기를 '왕사(王事)에 죽었으니 그 죽음이 영
화롭다' 하였다.

　　　　　—《직산현지(稷山縣志)》《이충무실기(李忠武實記)》

　○ 김완(金浣)

　군량을 조달한 공이 있고 왜병을 꽤 많이 목 베어
죽였다.　　　　　　　　　　—《영천군지(永川郡志)》

○ 오득린(吳得麟)

지략이 보통사람보다 뛰어났으며, 이순신이 막부에 배치하였다.   —《나주목지(羅州牧志)》

○ 진무성(陳武晟)

진주 포위 때 이순신이 소식을 통하고자 하니, 무성이 왜복으로 변장하여 낮에는 숨고 밤길을 걸어 일이 되어 가는 기틀을 마침내 알렸다. 그 후에 출정하여 특별한 공을 여러 번 세웠다.

—《홍양현지(興陽縣志)》

○ 제만춘(諸萬春)

경상우수영 군교(軍校)로서 용력(勇力)과 활쏘는 재주가 유명하였다. 임진 9월에 우수사 원균의 장령(將令)을 받아서 작은 배에 노 젓는 군사 10명을 태워 인솔하고 웅천(熊川)의 적세를 탐정하는데, 영등포에 돌아와서 왜선 6척을 만났다. 같은 배에 탄 사람과 한꺼번에 묶이어 일본 대판(大阪)으로 잡혀 갔는데, 계사 7월 24일 밤중에 성석동(成石同)·박검손(朴檢孫) 등 12인과 공모하여 왜선을 훔쳐 타고 육기도(六岐島)에 이르러 동래 수영 아래에 배를 정박하고 8월 15일 삼도 사수사(四水使)의 합진(合陣)한 곳에 와서 뵈었다. 그때에 이순신이 만춘의 치욕을 당하고 죽지

않음을 노하여 목 베고자 하다가 그가 여러 번 죽을
고비를 무릅쓰고 달아나 귀국한 것을 기특하고 가련
히 여겨 장계사(狀啓使)를 따라 상경하여 왜의 정세를
알리게 하였다. 그랬더니 조정에서 그의 죄를 용서하
고 이순신의 군중으로 다시 보냈다. 이때 남도에서
용병한 지 2년인데, 아직도 왜적의 정세나 그들 무기
의 수준을 몰랐다. 그러던 차 만춘을 만나매 이순신
이 기뻐 마지아니하여 즉시 독단하여 대솔군관(大率
軍官)의 직을 주었다. 만춘도 감격·분발하여 전술
계획에 도운 바가 많고 전투 때마다 백발백중하여 적
병들이 모두 겁을 내었다.   —《제만춘전(諸萬春傳)》

○ 마하수(馬河水)

선공감(繕工監)의 주부(主簿) 벼슬을 하다가 고향에
돌아가 있었다. 정유년에 전 가족이 배를 타고 바다
에서 피란하다가 이순신이 통제사로 다시 임명되었다
는 소식을 듣고 기뻐서 말하기를 '우리가 무엇을 근
심하랴' 하고 드디어 가서 만났다. 명량 전투에서 이
순신이 적에게 포위됨을 바라보고 검을 빼어 말하기
를 '대장부가 한 번 죽을 곳이다' 하고 검을 휘두르
며 적진에 돌입하였는데, 역전한 지 오랫만에 적탄을
맞아 죽고 그 아들 성룡(成龍)·위룡(爲龍)이 역시 검
을 잡고 돌진하였다. 적이 패주하니 아버지의 시체를
모시고 고향으로 돌아왔다.   —《마씨가장(馬氏家狀)》

▷ 현(縣)의 동남 20리에 방화산(芳華山)이 있고, 그 산 아래 백암촌(白巖村)에 이충무의 고택이 아직 남아 있다. 집 곁에 살구나무 두 그루가 있는데, 높은 가지는 구름 위에 솟아 그늘이 몇 이랑에 미쳤으니, 이는 이충무가 어릴 때 말달리기·활쏘기를 익히던 곳이다.   ―《아산현지(牙山縣志)》

▷ 부(府)에 용사(龍沙)가 있는데, 이충무가 이전에 이곳에서 쇠를 채취하여 도검을 주조하니 매우 강하고 날카로웠다.   ―《거제부지(巨濟府志)》

▷ 삼천포 앞에 한 해구(海口)가 있는데, 이충무가 이전에 왜적을 항에 몰아 넣고 그 어귀를 막으니, 왜적의 세(勢)가 크게 줄어들어 산을 뚫어서 길을 내고 밤을 틈타서 도망하였다. 서로 짓밟고 잔인하게 죽여 시체가 산같이 쌓이고 창검 등 무기를 수없이 내버렸는데, 후세 사람이 그곳을 굴량(掘梁)이라 일컬었다.   ―《거제부지》

▷ 좌수영 앞바다 무슬항(無膝項)은 이충무가 대첩한 터라, 농부가 가끔 그 터에서 왜검·왜창·총탄 따위를 많이 수습하였다.   ―《호남기문(湖南記聞)》

▷ 고금도(古今島)의 앞쪽은 해남도, 뒤쪽은 우장곶

(佑將串)이다. 이충무가 이 섬을 진영(鎭營)으로 삼을 때, 기를 우장곶에 벌여 세워 군대의 위용을 허세 부리며, 풀을 법남도(法南島)에 쌓아서 주둔군의 군량을 쌓아 둔 모양으로 만들었다. 그랬더니 적이 바깥 바다에서 바라보고 이를 덮치려고 빨리 달려 나오다가 암초에 배가 걸려 진퇴 양난의 형세가 되니, 아군이 요격하여 크게 쳐부수었다.　　—《강진현지(康津縣志)》

▷ 명량은 우수영 3리 지점에 있는데, 양변에 돌산이 많고 항구가 매우 좁아 물살이 급하다. 이충무가 쇠동아줄로 그 어귀를 몰래 차단하였더니, 여기에 이르러 엎어진 적선들이 부지기수였다. 양쪽 언덕 바위에 못구멍이 지금껏 완연한데, 거주민이 이를 이충무가 쇠동아줄을 설치하여 왜적을 죽인 곳이라고 한다.　　—《해남현지》

▷ 한산도(閑山島)에 항구가 하나 있는데, 이충무가 적을 많이 죽이어 이 항에 몰아넣으니 적이 크게 패하여 움츠려서 육지로 달아나는 모양이 개미가 붙어 있는 듯하므로 후세 사람이 이를 의항(蟻港)이라 이름하였다.　　—《거제부지》

▷ 이충무가 옛날, 밤중에 적과 대진(對陣)하는데 풀방망이를 많이 만들어 세 갈래진 홰를 벌여 꽂고

직전 습격하는 모양을 보이니, 적들이 전선(戰船)인 줄 알고 있는 힘을 다하여 사격하였다. 그들의 화살과 탄환이 다 없어진 뒤를 기다려 이들을 진격·대파하였다.
—《호남기문》

다음의 세 가지는 허황한 이야기에 가까우나, 선대 유학자들의 문집에 가끔 실려 있으므로 이에 조금 기록하였다.

① 이충무가 배 안에 있는데 갑자기 한 꿰짝이 바다에 떠내려오므로 군졸이 가져와 보니, 금자물쇠로 잠궜으며 칠한 빛이 번쩍번쩍하였다. 여러 장수들이 열어 보자고 하였으나 공이 허락하지 않고, 즉시 톱으로 그 궤를 자르니 궤짝 안에서 움직이며 부르짖는 소리가 나며 피가 펑펑 흘러 나왔다. 그 궤를 다 쪼갠 뒤에 보니, 한 자객이 비수를 품고 허리가 중간에 잘려 죽어 거꾸러졌는데, 여러 장수들이 일제히 놀라고 감복하였다.
—《호남기문》

② 달빛이 배의 다락에 훤한데 갑자기 섬의 오른쪽 숲 가에서 오리가 놀라서 날아갔다. 이충무가 배 안에서 자다가 베개를 밀치고 즉시 일어나 군중에 영을 내려 수면을 향하여 포를 난사했는데, 날이 새어 나가 보니 수많은 왜적의 시체가 물에 떠내려갔다. 여

214

러 장수들이 놀랍고 이상하여 그 까닭을 물으니, 충무가 당인(唐人)의 시 '달빛이 컴컴한데 기러기가 높이 날며 선우가 밤에 도망하였네(月黑雁飛高 單于夜遁逃)' 하는 구를 외우며 말하기를 '밤중에 조용히 자던 오리가 어찌 까닭 없이 놀라서 날아갈 리 있겠는가. 이는 반드시 왜병이 헤엄 잘 치는 자를 보내어 우리 배를 뚫어서 침몰시키려 함인 줄 깨닫고 이를 포격한 것이다' 하였다.　　　　　　　—《해이서(解頤書)》

③ 김대인(金大仁)은 시골 백성이라 용력이 뛰어나지만 겁이 많아, 북소리만 들으면 아예 벌벌 떨며 몇 발자국도 옮기지 못하였다. 이순신이 이를 휘하에 데려다 두었다가 갑자기 캄캄한 밤을 타서 대인을 불러 말하기를 '네가 내 뒤를 따라라' 하고, 다만 두 사람이 앞뒤로 하여 산기슭 숲 속으로 몰래 들어갔다. 나무 사이로 불빛이 한 줄기 새어 나오므로 그 불빛을 쫓아 그곳에 이르니, 몇 길쯤 되어 보이는 산비탈 아래 평지에서 왜의 유격군 수십 명이 휴식하며 밥을 짓고 있다. 이순신이 산비탈 위에 서서 대인의 손을 잡고 이들을 굽어보며 귀에 입을 대고 살짝 말하기를 '네가 용기를 한번 북돋우어 이들을 토벌함이 어떻겠는가' 하니, 대인이 벌벌 떨며 답하기를 '할 수 없습니다, 할 수 없습니다' 하였다. 이순신이 노하여 말하기를 '네가 이 일을 할 수 없거든 죽는 것이 옳다'

하고 즉시 그의 등을 차서 산비탈 아래에 떨어뜨리니 왜병들이 놀라 일어나서 에워쌌다. 김대인이 이 지경에 이르자, 달아날 길은 없고 죽을 길이 닥쳤다. 그러니 담력과 용맹이 크게 생겨 사나운 주먹으로 왜군 하나를 쳐서 거꾸러뜨리고 그 검을 빼앗더니 뛰고 크게 외치며 좌충우돌 죽이는데, 그 검은 번개같이 번뜩이고 그 소리는 산골짜기를 찢는 듯했다. 잠깐 만에 여러 왜군들이 이리저리 흩어져 죄다 죽고 김대인이 온 몸에 피투성이로 혼자 서 있었다. 이순신이 곧 따라 내려가서 손을 잡고 말하기를 '너를 이제부터 쓸 만하겠다' 하고, 영문 안으로 데리고 돌아왔다. 이후로 김대인이 적을 보면 신바람이 나서 전투 때마다 용맹을 떨쳐 먼저 출동하고 특별한 공을 많이 세웠으므로 서열을 뛰어넘어 가덕 첨사(加德僉使)로 임명하였다.　　　　　　　　　　　　　—《호남지》 및 전설

　위에 기록한 것은 자료가 정밀하지 못하고 또 유적 이외는 하나하나 모두 진실인지 알기 어렵다. 그러나 또한 믿을 수 없는 항설(巷說)로 말살할 수는 없는 것이다. 그러므로 여기에 부록으로 넣은 것이다.
　비록 그러하나, 이충무가 성공한 원인이 이런 인재들을 망라함에 전적으로 말미암음인가, 또한 이들의 기계(奇計)를 포용한 까닭인가. 아니다. 이충무가 성공한 요결을 묻는다면 오직 1구(句)로 답할 수 있다.

1구는 무엇을 이르는가. 즉 이충무가 왜적의 탄환과 화살이 비 오듯 하는 곳에 서서 곁부축하며 피하기를 요청하는 장병들을 꾸짖어 물리치며 하늘을 가리켜 말하기를 '내 목숨이 저기에 달려 있다'고한 1구의 말이 이것이다. 죽고 삶을 하늘에 따랐으므로 시퍼런 칼날도 밟고 물과 불에도 들어갔으며 범의 굴도 찾았으며 여의주도 땄던 것이다. 만일 이 생사 관두(生死關頭 : 사느냐 죽느냐 하는 위태로운 고비)를 초월하지 못하면 신묘한 전략이 있더라도 겁이 나서 운용 할 수 없으며, 잘 훈련된 군대가 있더라도 그 기(氣)가 썩어 문드러져서 이를 지휘하지 못할 것이다. 가시 덤불이나 너설〔石稜〕에도 오히려 전전긍긍하거늘, 하물며 비가 퍼붓듯하는 포탄임에랴. 씨름이나 권투에도 기거늘 하물며 운집하는 외적임에랴.

아, 위인을 배우는 사람은 불가불 이 관두를 먼저 초월해야 될 것이다.

제19장 결 론

신사씨(新史氏)가 말하기를, 내가 이순신전(李舜臣傳)을 읽다가 나도 모르게 책상을 치며 외쳤다. 아, 우리 민족의 외국과 다투는 힘이 이렇게 감퇴한 시대에 공(公)이 있었으니 어찌 놀랄 만한 것이 아닌가. 백성이 전쟁을 알지 못하여 북소리를 들으면 놀라 달아나는 시대에 공이 있었으니, 어찌 기이한 일이 아

닌가. 뭇 신하의 당쟁이 심하여 사사로운 투쟁에는
사나우나 국가의 전쟁을 겁내는 시대에 공이 있었으
니, 어찌 남달리 뛰어난 것이 아닌가. 임금이 의주
(義州)로 피란하여 인심이 흩어진 끝에 공이 있었으
니 어찌 흠모할 바가 아닌가. 일본이 바야흐로 강성
하여 우리의 약세를 틈타서 그 교만·방자함이 비할
데 없을 때에 공이 있었으니 어찌 통쾌할 바 아닌가.

　옛날 삼국간 우리 국민의 세력이 팽창하던 날이나,
본조 태종·세종 때 정치가 왕성하던 날이나, 백성이
잘 살고 나라가 번성해서 우리가 강하고 적국이 약한
날에 공이 있었으면 이는 오히려 마땅한 일이라 하려
니와 이제 이렇게 도량이 좁은 시대에 공이 있었으니
어찌 놀랍고 기이하며 통쾌할 만한 바 아니겠는가.
공교롭게도 좋지 못한 이 시대에 일어나서 우리 민족
을 살리고 우리 역사를 빛내었으니 거룩하다 공이여,
장하다 공이여.

　내가 일찍 내외 고금 인물을 놓고 공과 비교하여
보건대 강감찬(姜邯贊)이 나라가 어지러울 때 일어나
서 대란을 평정한 것이 공과 같으나 그 적은 수효로
써 많은 적을 공격한 신격(神格)이 공보다 못하며 정
지(鄭地)가 해전에 용감하여 왜구를 소탕함이 공과
같으나 그 위국헌신의 열성이 공보다 못하였다. 제갈
량(諸葛亮)이 심신을 다 바친 정충(貞忠)이 공과 같으
나 수십 년 동안 한(漢)의 재상으로 정권·군권을 장

악하고도 옛 도읍을 수복하지 못했으니 공을 이룸이 공보다 모자랐으며, 한니발(漢尼拔)이 전승한 웅재가 공과 같으나 말로에 나라 사람들이 용납하지 않아 이역에 도망가서 죽었으니, 그의 인재 등용이 공보다 모자랐다.

그러면 이충무는 마침내 어떤 사람과 비슷한가. 근세 유학자가 간혹 영국의 해군 제독 넬슨(乃利孫)을 들어 이충무에 짝하여 말하기를 '고금 해군 세계의 동서양 두 위인'이라 하니 그러한가, 또한 그렇지 아니한가. 그들이 과연 우열이 있는가, 또한 우열이 없는가. 내가 비교하여 한 번 평하려 한다.

대개 이충무의 역사가 넬슨과 흡사한 점이 많다. 단지 그 해전의 생애만 같을 뿐 아니라, 심지어 자질구레한 역사까지 같은 것이 많다. 초년에는 이름을 아는 사람이 없었던 것, 미관(微官)으로 오랫동안 침체한 것, 후일 해군 명장으로 맨 먼저 공을 세움은 육전으로 비롯한 것, 1차 육전한 후에는 수전으로 그 활약을 마치어 재차로 육전에 참여함이 없는 것, 여름철 원정으로 말라리아에 걸려 위험을 겪은 것, 적탄을 여러 번 맞고도 죽지 않은 것, 끝내 적함을 격침한 뒤 양양한 개가 소리 가운데 적탄을 맞아 죽은 것, 나라를 근심한 혈성, 맹세코 적과 함께 살지 않겠다는 열렬한 분노, 그들이 대항한 적병(일본·프랑스)의 사납고 독살스러움, 그 전쟁 결말의 지루함도 같으니, 이충무와 넬슨을 함께 논함이 과연 옳겠다. 비록 그러하나 당시 영국의 국세·병력, 장병의 권리, 전투 방위 능력이 우리 나라의 임진 때와 어찌 같았겠는가.

그들은 몇 백년 동안 열강과 경쟁한 결과, 이에서 힘쓰고 연마하여 국민의 적개 정신이 왕성할 뿐더러 그 집중력이 대단하고 신의가 두터워 영웅이 군사를 지휘하여 싸움을 해 볼만한 곳이 광대하였다. 중앙 금고에는 몇 억만의 재물을 쌓아 두고 장군의 군수품을 대비하고 기계 공작창에는 몇 천백 문의 대포를 제조하여 장군의 군용을 기다리며, 각 부대의 여러 십만 명되는 사병들은 헛된 죽음을 참지 못하여 장군의 한 번 전쟁을 축하하였다. 또 각 해항의 여러 백 천 톤되는 거함은 제 값을 못하여 장군의 한 번 시험을 기다리며, 조정의 재상들은 깊이 헤아려 살피고 마음과 힘을 다하여 장군의 요구에 응하며, 전 국민은 마음에 잊지 않아 잠을 안 자고 밥을 안 먹으며 장군의 승리를 기도하였다. 그랬으니 넬슨은 깊은 꾀와 원대한 염려가 없고, 다만 전함 머리에 우뚝 서서 길게 휘파람을 불더라도 오히려 넬슨이 되었으리라.

이충무가 이충무됨에는 이와 같지 아니하였다. 군수품이 바닥났는데 그가 마련하지 않으면 그 누가 마련했으며, 무기가 무디고 낡았는데 그가 무기를 제조하지 않으면 그 누가 제조했으며, 군대의 수효가 턱

없이 모자라는데 그가 군사를 모집하지 않으면 그 누가 모집했으며, 배의 속력이 이렇게 느린데 그가 배를 개량하지 않으면 그 누가 개량했겠는가. 그러므로 전쟁하는 한편, 둔전을 경작하고 군량을 사들이며 쇠를 채취하고 군사를 훈련시키며 배를 만들기에 급급하여 겨를이 없었다. 그러한데 또 한편으로는 원균 같은 자의 시새움을 당하며 또 한편으로는 이이첨(李爾瞻) 같은 자의 참소를 입었다. 나는 상상컨대 넬슨으로 하여금 적병이 나라를 이미 쳐부순 때를 당하여 이런 번뇌를 받게 했다면 그 공을 능히 세웠을까. 이는 오히려 명쾌히 단정 못할 문제이다. 최종에 원균이 대사를 패하여 6, 7년 동안 노심초사로 애써 이룩한 용맹스러운 장병과 군량 및 배를 다 없앤 후에, 10여 척 남은 초라한 배와 1백 60명의 신병으로 휘원(輝元)·수가·행장·청정 등과 상대하여 하늘과 바다를 뒤덮은 수천 적함들과 대치하였다. 이때 개연히 조정에 사례하여 말하기를 ‘내가 있으면 적선이 아무리 많아도 우리 나라를 넘보지 못한다’ 하고, 바다를 향하여 한 번 외치니, 어룡이 위엄을 도우며 해가 빛을 잃어 참담한 적들의 피로 바다를 벌겋게 하였다.

이는 오직 우리 이충무가 있은 바며, 오직 우리 이충무가 있은 까닭이다. 이충무를 버리고는 고금의 허다한 명장을 다 살펴보아도 이 일을 능히 처리할 사람이 참으로 드물 것이다. 아, 저 넬슨이 비록 무용

(武勇)이 있으나 만일 20세기 오늘날에 이충무와 함께 살아서 바다 전쟁에 무장(武裝)으로 상호 만나면 그 손자에 불과할 것이다. 그러나 이제 보아라. 세계 수군 위인을 말하매 넬슨을 첫 손가락으로 꼽으며 영웅을 숭배하는 사람은 반드시 넬슨 상(像)을 가리키며, 역사를 읽는 이는 반드시 넬슨전 1권을 말한다. 더구나 군인의 세계에 나가 군인 자격을 양성하려 하는 자는 반드시 넬슨의 이름을 외우며, 넬슨의 자취를 그리워하며, 넬슨의 말을 거두며, 넬슨의 모습을 꿈꾼다. 그리하여 생전에 영국 한 나라의 넬슨이 사후에 만국의 넬슨이 되며, 생전에 유럽 1주(洲)의 넬슨이 사후에 6주의 넬슨이 되었다.

그런데 우리 이충무에 대해서는 가까이는 중국 명사(明史)에 그 전황을 간략히 기록했을 뿐이며 멀리는 일본의 어린이가 그 웅대한 명성에 놀라 넘어졌을 따름이다. 그 나머지는 본국 초동·목수의 노래에 오를 뿐이고 세계에 유포한 역사는 철갑선을 처음으로 만들었다는 1절에 불과하다. 아, 영웅의 명예가 항상 그 나라의 빛나는 존엄성을 따라 높아지고 낮아지는 것이 아닌가.

대개 수군의 제일 위인을 가졌고 철갑선 창조의 비조(鼻祖)가 된 우리 나라가 오늘날에 와서 저 해권(海權)의 최대국과 비교하기는 고사하고, 마침내 국가라는 명사도 있는 듯 없는 듯한 슬픈 지경에 빠졌다.

그러하니 내가 저 몇 백년 이래로 백성의 기를 꺾고 백성의 지혜를 막아 문약(文弱) 사상을 부여한 비굴한 정객의 남긴 해독을 회상하매 한이 바다처럼 깊어졌다.

이에 이순신전을 지어 고통에 빠진 우리 국민에게 드리노니, 모든 우리 선남 선녀는 이를 모범으로 삼으며 이에 보조를 맞추어 형극의 천지를 평지처럼 밟으며 고해 난관을 뛰어넘어야 할 것이다.

하늘이 20세기의 태평양에 장엄한 제2 이순신을 기다린다.

조선위인전

초판 1쇄 발행 / 1997년 3월 31일
초판 2쇄 발행 / 2006년 11월 10일
 2판 1쇄 발행 / 2015년 11월 30일

지은이 / 신 채 호
펴낸이 / 윤 형 두
펴낸데 / 범 우 사

등록번호 / 제406-2003-000048호
등록일자 / 1966년 8월 3일
주소 / 413-120 경기도 파주시 광인사길 9-13 (문발동 525-2)
전화 / 031-955-6900, 팩스/ 031-955-6905

* 잘못된 책은 바꾸어드립니다.
ISBN 978-89-08-06157-6 04800 (홈페이지) www.bumwoosa.co.kr
     978-89-08-06000-5 (세트) (이메일) bumwoosa@chol.com